KB026621

파울 첼란 전집(전5권) 제3권

시집 **III**
산문
연설문

GESAMMELTE WERKE. Volume 3 : DER SAND AUS DEN URNEN, ZEITGEHÖFT, VERSTREUTE
GEDICHTE, PROSA REDEN von Paul Celan. Herausgegeben von Beda Allemann und Stefan
Reichert unter Mitwirkung von Rolf Bücher

파울 첼란 전집(전 5권)   제3권 ───────── 시집III

유골단지에서 나온 모래
시간의 농가
흩어져 있는 시

───────── 산문

───────── 연설문

허수경
옮김

문학동네

일러두기

1. 번역 대본으로는 *Paul Celan: Gesammelte Werke in sieben Bänden, Dritter Band*(Paul Celan, Suhrkamp Verlag, 2000)을 사용했다.

2. 이 책에 수록된 『유골단지에서 나온 모래』는 1948년 빈의 젝슬 출판사에서 처음 출간된 당시의 오자를 첼란이 수기로 바로잡은 내용을 반영한 것이다. 한편 첼란은 이 시집의 절반 정도에 해당하는 시들을 일부 수정해 1952년 출간된 『양귀비와 기억』에 포함시켰다.

3. 차례의 제목, 본문의 볼드체와 고딕체는 원서에 따른 것이다. 제목이 없는 시 중 대문자로 표시된 경우는 볼드체로, 그 외의 경우는 고딕체로 첫머리를 표시해 구분했다.

4. 주석은 모두 옮긴이주다.

유골단지에서 나온
모래
(1948)

문가에서

양귀비와
기억

죽음의
푸가

**시간의
농가
(1976)**

I
시간의
농가

III

**흩어져
있는
시**

어두워졌다
(1968)

산문

연설문

유골단지에서 나온
모래

문가에서

저쪽에서

밤나무의 저편에서야 세계라네.

그곳에서 밤에 바람이 구름수레에 실려오네
그리고 누군가 여기에 서 있네……
그를 바람은 밤나무 위로 실어가려 하네:
"내게는 고란초와 붉은 디기탈리스 있다 내게는!
밤나무의 저편에서야 세계라네……"

그런 다음 나는 조용히 찌르르거렸네, 작은 집이 그러듯,
그런 다음 나는 그를 멈추네, 그런 다음 그는 거절해야 하리:
그의 관절을 둘러싸고 내 부름은 잠잠해지네!
나는 수많은 밤에 바람이 다시 돌아오는 것을 듣네:
"내게는 먼 곳이 불타고, 네게는 좁다……"
그런 다음 나는 조용히 찌르르거렸네, 작은 집이 그러듯.

그러나 오늘밤도 밝아지지 않는다면
그리고 구름수레에 실려 바람이 돌아온다면:
"내게는 고란초와 붉은 디기탈리스 있다 내게는!"

그리고 그를 밤나무 위로 실어가려 하네—

그런 다음 잡는다, 그런 다음 나는 그를 여기에서 잡지 않는
다……

밤나무의 저편에서야 세계라네.

꿈의 소유

그렇게 잎을 영혼들과 함께 두어라.

망치를 가볍게 흔들어 얼굴을 덮어라.

심장에 부족한 박동과 함께,

먼 물레방앗간에서 칼싸움을 하는 기사*에게 관을 씌워라.

그가 참지 못했던 것, 그것은 다만 구름들이다.

그러나 그의 심장은 천사의 발걸음에 덜커덩거린다.

나는 조용히 화관을 씌우네, 그가 부수지 못한 것에:

붉은 횡목과 검은 중심에.

• 세르반테스의 소설 『돈키호테』를 암시한다.

자장가

어두운 평야들의 아득한 곳 위로
네 우글거리는 피 속에서 내 별이 나를 들어올린다.
우리 둘이 겪어냈던, 아픔 곁에서 더이상,
생각에 잠기지 않네, 어스름 속에서 가벼이 쉬는 별은.

별은 어떻게, 달콤한 이여, 그대를 침대에 누이고 흔들어야
하는가,
그의 영혼이 자장가의 마지막을 장식하는데?
꿈이 있고 사랑하는 이들이 누워 있는 곳은, 어디에도 없이,
한 번의 침묵마다 그렇게도 이상한 소리가 울렸다.

이제, 속눈썹만이 시간들의 경계를 정할 때,
어둠의 삶이 알려진다.
사랑하는 이여, 반짝이는, 눈을, 감아라.
세계는 은은하게 빛나는 그대의 입에 불과하여라.

우물가에서

어떻게 내가, 말하렴, 부서져버릴 것만 같은 관절 위로
밤과 과잉 가득한 단지를 들어올리나?
네 회상의 눈은 명상에 잠겨 있다;
내 걸음에 높이 자란 풀은 그을렸다.

별들이 우수수 떨어졌을 때, 네게는 피가 그렇듯이,
내게는 어깨가 외로워졌다, 어깨는 짊어졌기에.
너는 번갈아 바뀌는 놀이친구처럼 피어난다,
그녀는 커다란 단지에서 나온 고요처럼 살고 있다.

물이 너에게서 또 나에게서 어두워질 때,
우리는 우리를 응시한다—그런데 물은 무엇을 변화시켰나?
네 심장은 기이하게도 금작화 앞에서 정신을 가다듬네.
독미나리는 내 무릎을 꿈처럼 스치네.

비雨라일락

비 온다, 누이여 : 하늘의
기억들이 그들의 쓰림을 맑게 하네.
라일락, 시간의 향기 앞에서 외롭게,
흠뻑 젖어서 찾네, 껴안은 채 열린 창문으로
정원을 보던 두 사람을.

이제 내 부름이 비의 빛을 부추기네.

내 그림자는 격자보다 더 높이 자라고
내 영혼은 솟구치는 물이다.
그대는 괘씸해하는가, 그대 어두운 이여, 뇌우 속에서,
내가 언젠가 그대에게서 낯선 라일락을 훔쳤다는 것을?

전사

그대 듣는가: 그들이 숨막히게 죽음을 늘려갈 때, 나 그대에게 말한다.

나 조심스레 내 죽음을 설계한다, 조용히 창들을 마주친다.

진실한 것은 끝없는 말타기. 정당한 것은 말발굽.

그대 느끼는가, 마름모들 안에서 한 번의 흩날림 말고는 아무 일도 일어나지 않는다는 걸?

나는 피 흘리며 이방인들에게 충성스레 그리고 용기에 수수께끼처럼 속해 있다.

나 서 있네. 나 고백하네. 나 외치네.

양귀비

별을 때렸던 것에, 굴복하는,
낯선 불로 장식된 밤을,
내 동경은 네 둥근 단지에서 아홉 번 휘날리는,
불로 이겨내도 좋다.

너는 뜨거운 양귀비의 화려함을 믿어야 한다,
여름이 안겨주던 것을, 거만하게 탕진하고,
네 눈썹이 그리는 호弧에서
네 영혼이 붉음 속에서 꿈꾸는지 아닌지, 알아맞히는 것으로
사는, 양귀비.

제 불꽃이 사그라질 때만, 양귀비는 겁먹는다,
정원들의 입김이 기이하게 양귀비를 놀래므로,
양귀비가 모든 것들 가운데 가장 달콤한 눈에서
우울로 검은, 제 심장을, 발견하는 것을.

산의 봄

광주리들 안에서 먼 곳의 연기를 푸르게,
털로 짠 천 아래, 깊은 곳의 황금,
그대는 우리가 적이었던, 산에서
머리를 풀고 다시 온다.

그대의 눈썹에, 그대의 뜨거운 볼에,
구름을 매단 그대의 어깨에,
내 가을의 방들은
커다란 거울과 과묵한 부채들을 건넨다.

하지만 저 위 여울에,
프리뮬러 위, 그대여, 그리고 솔다넬라 위,*
여기 황금 고리가 달린 그대의 옷처럼
눈이, 가슴 아픈 눈이, 하얗게 내렸네.

* 프리뮬러와 솔다넬라 모두 유럽 고산지대가 원산지인 앵초과에 속한 화초.

올리브나무

지옥의 뿔들, 올리브나무 안에서 잦아들었다:

뿔들이 나무의 심장을 뚫고 숨을 쩔렀을까, 텅 빈 심장이 비명을 지르도록?

나무는 우리 위에서 달콤한 잠에 빠지지 못했을까 우리는 포옹하고 있었는데?

너는 나무에 축복을 보내고 우리는 뿔들을 지우나?

언젠가, 우리가 암흑에서 성대하게 축제를 벌였을 때,

나무는 우리를 향해 나락 속으로 와서 노래했지.

지금, 얼어붙은 뿔들이 나무를 에워쌌기에,

나무는 우리를 졸리게 만들었고 비탈에서 떨고 있다.

불들이 붙기 시작하면, 우리가, 번쩍이며,

방랑하는 올리브나무여, 너에게로 올라가도 되는가?

너의, 달콤하고 열중해 있는 가지들,

우리와 함께 포화에, 거대한 포화에 휩싸여도 되는가?

무덤들의 가까움

어머니, 남쪽 뱃머리의 물을,

당신에게 상처 줬던 물결을 지금도 알아보시나요?

한가운데 물레방아가 있던 들판을,

당신의 심장이 얼마나 조용히 당신의 천사를 견뎌냈는지 지

금도 아세요?

사시나무 한 그루도, 버드나무 한 그루도 더이상,

당신의 시름을 덜어줄 수 없나요, 위로해줄 수도 없나요?

그리고 신은 싹이 움트는 지팡이를 짚고

언덕을 올라가고 또 언덕을 내려가지 않나요?

그리고 당신은, 어머니, 그때처럼, 아, 고향에서,

조용한, 독일의, 고통스러운 운(韻)을 참고 있나요?

아르테미스의 화살

알프레트 마르굴슈페르버*를 위하여

시간은 청동빛으로 그 마지막 제단에 들어선다.
여기서 너 혼자만 은빛이다.
그리고 너는 저녁에 보라색나비를 위해 슬퍼한다.
그리고 구름을 두고 짐승과 다툰다.

아니, 네 심장은 한 번도 몰락을 겪은 적이 없었고
한 번도 암흑을 네 눈에 맡긴 적이 없었다……
하지만 네 손은 달에 의한 흔적이 아직 남았다.
그리고 물속에 한줄기 빛이 아직 곤두서 있다.

어떻게, 하늘색 자갈 위에서
가볍게, 님프들과 빙글빙글 돌았던 이가,
생각해선 안 되겠는가, 아르테미스의 화살이
숲속에서 아직 헤매고 있지만 끝내 그에게 이르리라는 걸?

● 독일어로 작품을 쓴 루마니아 유대계 작가로. 부쿠레슈티 시절 첼란의 후
원자였다.

9월의 왕관

딱따구리가 가지에 자비로운 시간을 쪼고 있다:

그렇게 나는 물푸레나무와 너도밤나무와 보리수나무 위에 올리브유를 붓는다.

그리고 구름에 손짓한다. 그리고 내 누더기 같은 옷을 치장한다.

그리고 바람 속의 작은 별 앞에서 은빛 도끼를 휘두른다.

비단을 걸친 동쪽 하늘은 무겁다:

네 사랑스러운 이름, 가을의 룬문자*로 꼰 실.

아, 나는 지상의 속껍질로 천상의 포도덩굴에 내 심장을 묶었다

그리고 우는가, 바람이 일어난 지금, 네가 불평 없이 노래를 시작한다고?

태양빛의 호박이 내게로 굴러내려온다:

치유하는 시간이 울퉁불퉁한 길 위에서 울려퍼졌다.

* 약 1세기에서 17세기까지 사용된 게르만족의 문자.

그렇게 마지막 것도 내 것이 아니지만, 그래도 친절한 금화 한 닢.

그렇게 너에게나 나에게도 비雨로 이루어진 저 베일이 벗겨진다.

날개의 살랑거림

비둘기는 그러나 아발론*에서 늦어진다.
그리하여 한 마리 새가 네 엉덩이 위에서 어두워져야 한다,
반은 심장이고 반은 갑옷인 새.
네 젖은 눈은 새에게 아무 문제도 되지 않는다.
더욱이 새는 고통을 알고 금작화 곁으로 그것을 데려온다,
하지만 날개는 여기에 없고 보이지 않게 게양되어 있다.

비둘기는 그러나 아발론에서 늦어진다.

올리브가지는 독수리 부리들에 도둑맞아
네 잠자리가 검은 천막 안 푸르게 물드는 곳에서 꺾였다.
주위에 그러나 나는 벨벳신을 신은 군대를 불러모아
침묵하며 하늘의 화환을 에워싸고 칼로 베라 했다.
네가 깜빡 졸며 피 웅덩이로 몸을 숙일 때까지.

이것이다: 그들이 격렬하게 칼을 휘두를 때, 나는,

• 켈트족 전설에서 아서왕의 시신이 묻혀 있다는 영원의 섬.

그들 위로 파편을 들어올려, 모든 장미를 떨어뜨렸고

많은 이가 장미들을 머리칼 속으로 땋을 때, 나는,

위로의 행위를 하기 위해, 새를 불렀다.

새는 네 눈 속에 그림자발톱을 그려넣는다.

나는 그러나 비둘기가 오는 것을 본다, 하얗게, 아발론에서.

외로운 이

비둘기보다 더 그리고 뽕나무보다 더
나를 가을은 사랑했다. 그리고 나에게 베일을 선사한다.
"이걸 가져가 꿈을 꾸렴", 가을이 가장자리를 수놓는다.
그리고: "신神도 콘도르처럼 아주 가까이 있단다."

하지만 나는 또다른 천조각도 집어올렸네:
이것보다 더 거칠고 수놓이지도 않은 것을.
네가 그걸 만지면, 나무딸기덤불에 눈이 내린다.
네가 그걸 흔들면, 독수리 울부짖는 소리가 들린다.

검은 눈송이들

눈이 내렸네, 빛 없이, 달은
이미 하나 아니면 둘이어서, 가을이 수도승의 옷자락 아래
나에게도 소식을 전했다, 우크라이나의 산비탈에서 온 나뭇
잎:

"생각하라, 여기도 겨울이라는 것을, 이제 천번째로
이 땅에, 가장 넓은 강이 흐르는 곳:
야곱의 하늘 피, 도끼들은 부러워했다……
오 내세의 붉음으로 이루어진 얼음─사령관이 모든
수송대와 함께 어두워지는 태양들 속에서 걸어 건너간다……
아이야, 아 수건 한 장,
그것으로 나를 덮으렴, 투구에서 빛이 번쩍하거든,
장밋빛인, 얼음덩이가, 쪼개지거든, 네 아버지의 유골이
눈처럼 흩날리거든, 말발굽 아래서 삼나무의
노래가 바스러진다……
수건 한 장, 오로지 얇고 작은 수건 한 장이어서, 나는
네가 우는 법을 익힌, 지금, 내 옆구리에
영영 푸르러지지 않는, 세상의 궁지를 보관한다, 내 아이야,

네 아이에게!"

피를 흘렸습니다, 어머니, 가을이 나에게서 떠나가고, 눈雪
이 나를 태웠습니다:

나는 내 심장을 찾아, 울고 있는지 보네, 나는 숨결을, 아 여
름의 숨결을 찾았네,

그것은 당신과 같았지.

나는 눈물이 흘렀네. 나는 작은 수건을 짜네.

꿈의 문지방

못투성이 손으로 너는 나에게 고요의 씨앗들을 주워준다.
내 영혼은 그들의 체였다, 이제 열일곱 단지가 채워졌다:
네가 밤새 머무르는, 도시. 창문에서 카밀러가 흔들리네:
나는 여기에서 꽃들의 가루로 저녁을 먹었다⋯⋯ 꽃들도

이러한 침묵을 너처럼 견뎠더라면? 그리고 두 누이는 너무
많지 않은가?
나는 모래 속의 물을 살피러 여전히 집 앞으로 간다:
마지막, 열여덟번째 단지, 거기서 들판의 꽃 미끄러져떨어져
텅 비었다.
네 머리칼이 그곳을 노랗게 물들이다니 얼마나 기이한가!
나는 파란 꽃장식을 푼다.

마지막 문 가에서

가을을 나는 신의 심장 속에 자아넣었다,
그의 눈 곁에서 흘리던 눈물 한줄기를……
네 입이 그랬던 것처럼, 부정하게, 밤이 시작되었다.
네 머리맡에, 어둡게, 세계는 돌이 되었다.

지금 그들은 단지들과 함께 오기 시작하는가?
나뭇잎이 흩뿌려지는 것처럼, 포도주는 낭비되었다.
너는 새떼가 날아가는 하늘이 있었으면 하는가?
돌을 구름으로, 나를 두루미로 있게 하렴.

양귀비와 기억

사막에서 부르는 노래

화관 하나가 거무스름한 잎으로 엮였다 아크라* 지방에서.

그곳에서 나는 검은 말을 이리저리 몰았고 죽음을 향하여 검을 찔렀다.

또한 나무사발로 아크라 우물의 재를 마셨다

그리고 면갑面甲을 내려쓰고 하늘의 잔해를 향해 돌진했다.

아크라 지방의 천사들은 죽고 주主는 눈이 멀었기에.

그리하여 잠 속에서 나를 돌보는 이는, 아무도 없다 그들은 여기서 영면에 들었다.

달은 만신창이가 되도록 얻어맞았다, 아크라 지방의 작은 꽃.

녹슨 반지를 낀 손들, 가시를 닮은 꽃들은, 그렇게 피어난다.

그리하여 나는 입맞춤을 위해 마지막으로 몸을 굽혀야 하리,

그들이 아크라에서 기도를 할 때……

오 밤의 갑옷은 허술해서, 죔쇠 사이로 피가 흘러나오네.

* 기원전 2세기 초 마케도니아의 반유대주의 지배에 맞서 고대 이스라엘의 마카베오 왕조가 만든 요새. 또는 십자군전쟁 당시 수많은 전투가 벌어진 항구도시 아크레로 볼 수도 있다.

그렇게 나는 그대 미소 짓는 형제, 아크라의 철 케루빔*이 되었네.

그렇게 나는 아직도 이름을 부르고 아직도 뺨 위의 화상을 느끼네.

* 구약성서에 나오는 구품천사 중 하나로, 주로 파수꾼 역할을 한다.

밤이면 네 몸은 신神의 신열身熱로 갈빛이다.

내 심장은 네 두 뺨 위로 횃불을 흔든다.

그들이 자장가를 불러주지 않은, 요람을 흔들리게 하지 마라.

한 입의 눈雪, 나는 너에게로 갔다

그리고 불확실하게도, 시간의 둥긂 안에서

네 눈眼은 얼마나 푸르른지. (예전의 달은 더 둥글었지.)

텅 빈 천막에서 기적奇跡은 흐느끼고,

꿈의 작은 동이는 얼어 있다―무엇을 할까?

기억하라: 거무스름하게 잎사귀 하나 딱총나무에 매달려 있

었음을―

한 잔의 피에 대한 그 아름다운 신호.

부질없이 너는 창문에다 심장들을 그린다: 침묵의 공작_{公爵}이 저 아래 성의 안뜰로 군인들을 소집한다.

그는 제 깃발을 나무에 매달아둔다, 가을이 오면, 그를 위해 푸르러질, 이파리 하나;

우울의 줄기들을 그는 군대에 나누어주었다 그리고 시간의 꽃들도;

머리칼 속의 새들과 함께 그는 칼들을 가라앉히러 떠난다.

부질없이 너는 창문에다 심장들을 그린다: 군중 속에 한 신_神이 있다,

외투로 몸을 감싸고, 언젠가 계단 위에서 너에게 어깨를 기대었지, 밤시간에;

언젠가, 성이 불길에 휩싸였을 때, 네가 사람들처럼 말을 했을 때: 사랑하는 이여……

그는 외투를 알지 못하고 별을 불러내지도 않았고 둥실 떠 있는, 그 이파리를 따라간다.

"오 줄기여", 그는 들었다고 믿는다, "오 시간의 꽃이여"……

하모니카

얼음바람이 스텝 위에 네 속눈썹의 교수대빛을 걸어둔다:

너는 붉은 관절로부터 나에게 불어온다, 바람은 과일로 가득한 웅덩이에서 올라간다;

바람은 손가락을 위로 뻗는다, 그 곁에서 나는 건초를 잣는다, 네가 죽고 없으면……

담녹색 눈을 또한 내린다, 너는 얼어죽은 장미로 배를 채운다.

네가 줬던 것보다 더 많이 나는 항구에서 화주로 나누어준다.

네 머리칼은 칼에 감겨서 나에게, 네 심장은 연기나는 곳으로 우리에게 머물렀다.

마리안●

　라일락 꽃을 꽂지 않은 너의 머리칼, 거울유리에서 나온 네
표정.
　눈眼에서 눈으로 구름이 지나간다, 마치 소돔에서 바벨로 향
하듯:
　구름은 나뭇잎처럼 탑을 쥐어뜯고 유황덤불 주위로 휘몰아
친다.

　그러자 번개가 네 입가에서 번쩍여, 바이올린의 흔적을 지닌
그 골짜기;
　눈雪 같은 이齒로 누군가 활을 켠다: 오 더 아름다이 갈대는
울렸다!

　사랑하는 이여, 너 또한 갈대고 우리는 모두 비雨다;
　너의 몸은 무엇과도 비교할 수 없는 포도주 그리하여 우리는
열十이 되어서 진탕 마신다;

●　프랑스 혁명정신과 공화정의 가치를 상징하는 가공의 여성상으로, 1789년
대혁명 시기에 회자되기 시작해 이후 프랑스공화국의 상징물로 지정되었다.
들라크루아의 그림 〈민중을 이끄는 자유의 여신〉(1830)에도 등장한다.

너의 심장은 곡식물결 속의 거룻배, 우리는 밤을 향하여 노를 젓는다;

작고 푸른 항아리, 그렇게 너는 가벼이 우리를 뛰어넘었다 그리고 우리는 잠이 든다······

천막 앞에는 백 명의 무리가 행진을 하지 그리고 우리는 너를 떠메고 술을 마시며 무덤으로 향한다.

세계의 타일 바닥 위로 꿈들의 단단한 은화銀貨 소리가 울리는 지금.

초

손가락에 털이 수북한 수도승들이 책을 펼쳤다: 9월.

이제 이아손*은 막 싹을 올린 씨앗을 향해 눈들을 던진다.

손들로 알알이 엮인 목걸이 하나를 숲이 네게 주었다, 그렇게 너는 밧줄 너머로 죽은 듯 걸음을 옮긴다.

암청색 한 점이 너의 머리칼에 내린다 그리고 나는 사랑에 대해 이야기한다:

조개들에 대해 그리고 가벼운 구름덩이에 대해 나는 이야기한다, 그리고 빗속에서 작은 배 한 척이 싹터오른다.

작은 숫말 한 마리가 책장을 넘기는 손가락들 너머로 뒤쫓는다─

문이 검게 활짝 열린다, 나는 노래한다:

"우리는 여기서 어떻게 살았을까?"

● 그리스신화의 인물. 아르고호 원정대를 이끌고 흑해의 콜키스로 향해 잠들지 않는 용이 지키는 황금양털을 가져왔다. 고대의 콜키스는 첼란의 고향과 멀지 않다.

한 움큼의 시간, 그렇게 너는 나에게로 왔다, 나는 말했다: 네 머리칼은 갈빛이 아니야.

그렇게 너는 가벼이 머리칼을 고통의 저울에 올린다, 그것이 나보다 더 무거웠기에……

그들은 배를 타고 네게로 와 머리칼을 배에 싣고, 욕망의 시장에 매물로 내어놓는다;

너는 깊은 곳으로부터 나를 향해 미소 짓고, 나는 가벼이 남아 있는 껍질에서 너를 향해 운다.

나는 운다: 네 머리칼은 갈빛이 아니야, 그들은 바다의 물을 내어놓고, 너는 그들에게 곱슬머리다발을 준다……

너는 속삭인다: 그들은 이미 나와 함께 세계를 가득 채우고 있어요, 그리고 나는 당신에게 가슴속의 골짜기길로 머물러요.

너는 말한다: 세월의 이파리를 당신에게 올려두어요, 당신이 와서 나에게 입맞출, 시간이에요……

세월의 이파리들은 갈빛이네, 네 머리칼은 갈빛이 아니네.

절반의 밤. 번득이는 눈 속 꿈의 단검들에 붙들려 있네.

고통으로 울부짖지 말기를: 수건처럼 구름들은 펄럭이는데.

비단 양탄자 하나, 그렇게 절반의 밤이 우리 사이에 펼쳐져 있네, 어둠에서 어둠으로 춤을 추면서.

그들은 살아 있는 나무로 우리에게 검은 피리들을 깎아주었지 그리고 이제 춤추는 여자가 오네.

바다의 거품에서 자아낸 손가락을 그녀는 우리 눈에 담그네: 한쪽 눈은 아직도 여기서 울려고 하는가?

둘 다 아니라네. 그리하여 밤은 환희로 소용돌이치고 불꽃 튀는 북은 우렁차게 울리네.

그녀는 우리를 향해 고리들을 던지고, 우리는 단검으로 그것들을 낚아채네.

그녀는 그렇게 우리를 맺어주는가? 파편처럼 소리가 울리고 이제 나는 다시 알겠네: 연보랏빛 죽음을

당신은 맞이하지 않았다는 걸.

네 머리칼 또한 바다 위에 떠 있네 황금빛 노간주나무와 함께.

나무와 함께 너의 머리칼이 하얗게 바랜다면, 나는 너의 머리칼을 돌처럼 푸른빛으로 물들이네:

내가 마지막으로 남쪽을 향해 끌려갔던, 도시의 빛깔……

닻줄로 그들은 나를 묶었고 닻줄마다 돛을 연결했지

그리고 안개 서린 아가리로 내게 침을 뱉으며 노래하기를:
"오 바다를 넘어서 오라!"

나는 그러나 나의 날개를 거룻배처럼 보라색으로 그려낸다

그리하여 미풍은 바다에서, 그들이 잠들기 전, 나에게마저 색색거렸고 후벼대었네.

나는 너의 곱슬머리를 또한 붉은색으로 물들일 수 있었네, 하지만 나는 너의 머리칼을 돌처럼 푸른빛으로 물들이네:

오 내가 쓰러져 남쪽을 향해 끌려갔던, 도시의 눈眼이여!

황금빛 노간주나무와 함께 네 머리칼 또한 바다 위에 떠 있네.

사시나무, 네 잎이 하얗게 어둠 속을 응시한다.
내 어머니의 머리칼은 결코 세지 않았는데.

민들레, 그렇게 우크라이나는 초록빛이다.
내 금빛 머리칼 어머니는 집으로 돌아오지 않았는데.

비구름, 그대는 우물가를 장식하는가?
내 고요한 어머니는 모두를 위해 울고 있는데.

둥근 별, 그대는 황금 리본을 묶는다.
내 어머니의 심장은 납탄에 상처를 입었는데.

떡갈나무 문, 누가 돌쩌귀에서 그대를 들어올렸는가?
내 다정한 어머니는 올 수 없는데.

어둠 속으로 가라앉았다 사랑의 체리들이,

내 손가락들은 실을 잣기 위해 구부러졌는데: 어떻게 내가 제비의 그림자를 꺾는가?

그들의 옷, 언젠가 보이지 않았지. 그들의 옷, 언젠가 아침에 자아졌지.

고통의 전령관에게 귀중한 선물, 그의 손에서 금세 미끄러져 떨어졌다

달빛의 족쇄가 풀리는 곳, 아래쪽 전나무 숲속으로.

여름에게 도둑맞은 것은 심장들:

어스름에 너를 위해 익어간, 과일, 대기의 뾰족한 탑 위에

달려 있다. 재로 이루어진 성가퀴 위로.

늑대 같은 신의 품속에.

유일한 빛

공포의 램프들은 밝다, 폭풍우 속에서도.

잎이 무성한 거룻배들의 용골 곁 네 이마로 램프들이 서늘하게 다가온다;

너는, 램프들이 네 곁에서 산산이 부서지길 바란다, 왜냐하면 그것들은 유리가 아닌가?

너는 또한 이미 우유가 뚝뚝 떨어지는 것을 듣고서, 파편에서 즙을 마신다

네가 자면서 겨울의 거울로부터 홀짝거렸던, 그것을:

그것은 너에게 눈송이로 가득한 심장이 되었다, 너에게 얼음으로 가득한 눈眼을 매달았다,

곱슬머리가 바다거품에서부터 너에게 솟아올랐다, 그들은 너를 향해 새들을 던졌다……

네 집은 어두운 물결에 흔들렸다, 하지만 장미의 종種을 감추었다;

집은 방주처럼 거리를 떠났고, 그렇게 너는 재앙에서 구조되었다:

오 죽음의 하얀 박공이여—너희 마을은 크리스마스 시절 같아라!

오 대기를 가르는 썰매의 비행—하지만 너는 돌아갔다,

소년처럼 나무를 기어올랐다, 그곳에서 이제 너는 파수를 본다:

저 방주는 아직 가까이서 떠돈다, 하지만 장미들이 방주를 온전히 채우고 있다,

하지만 거룻배들이 공포의 깜박거리는 램프들을 들고 서둘러 접근한다:

아마도, 네 관자놀이가 파열하고, 그다음 거룻배들의 뱃사람들이 뭍에 뛰어오른다,

그다음 그들은 여기에 천막을 펼치고, 그다음 네 두개골이 하늘을 향해 아치를 그린다—

바다거품에서 나온 곱슬머리가 너에게 솟아오른다, 너에게 눈송이로 가득한 심장을 매단다.

시네라리아*

철새 창槍이여, 벽을 넘어 날아간 건 오래전이라네,
심장 위의 가지는 이미 하얗고 바다는 우리 위에;
깊은 곳의 언덕은 정오의 별들에 둘러싸였다—
죽음 속에서 떠진, 눈眼처럼 독毒이 빠진 초록:
새어나오는 급류를 길어올리기 위해 우리는 두 손을 오므렸네—
점점 어두워져 누구에게도 비수를 건네지 않는, 곳들의 물;
너 역시 노래를 불렀고 우리는 안개 속에서 격자를 엮었다네:
아마도, 집행자는 아직 오고 있을 것이고 우리의 심장은 다시 뛸 거라서,
아마도, 탑은 아직 우리 위에서 뒤척일 것이고 교수대는 떠들썩하게 세워질 거라서,
아마도, 수염은 우리를 일그러뜨릴 것이고 그들의 금발은 붉어질 거라서……

심장 위의 가지는 이미 하얗고, 바다는 우리 위에 있다.

● 국화과의 두해살이 풀.

56

고사리의 비밀

칼들의 둥근 지붕 속에서 그늘은 잎푸른 심장을 응시합니다.

번득거리는 건 칼날들: 죽음 속에서 거울 앞을 망설이지 않았던 건 누구입니까?

또한 이곳에서는 살아 있는 우울이 항아리들에 담겨 나올 거예요:

그들이 마시기 전, 우울은 꽃처럼 한껏 어두워집니다, 마치 물이 아닌 듯,

마치 한층 더 어두운 사랑에 대해, 수용소의 한층 더 검은 잠자리에 대해,

한층 더 무거운 머리칼에 대해 질문을 받은, 이곳의 천 가지 아름다움인 듯……

그러나 이곳에서는 철의 광채가 걱정거리일 뿐입니다;

그리고 무언가 이곳에서 여전히 드높이 번쩍거린다면, 그렇게 칼이 되게 하시기를.

우리는 탁자의 항아리만을 비워요, 거울들이 우리를 환대했기에:

하나가 둘로 쪼개져, 우리가 이파리처럼 푸른 곳에서.

세레나데

연기를 피워올리는 물이 하늘의 동굴에서 쏟아져내린다;

너는 네 얼굴을 그 안에 담근다, 속눈썹이 날아가버리기 전에.

하지만 네 눈길은 파르스름한 불에 머문다, 나는 내가 걸치고 있는 옷을 벗어버린다:

그다음 물결이 너를 거울 속의 내게로 들어올린다, 네가 원하는 것은 하나의 문장_{紋章}……

아, 네 곱슬머리도 녹빛깔이 되었네, 그리하여 네 몸도 하얗게—

눈_眼의 꺼풀들은 눈_雪나라를 뒤덮은 천막처럼 장밋빛으로 팽팽해졌다:

나는 내 수염 달린 심장을 그곳에 누이지 않으리, 봄에 수풀은 무성하지 않으리.

유골단지에서 나온 모래

곰팡이 낀 초록빛은 잊음의 집이다.

나부끼는 문 앞마다 머리 잘린 너의 악사가 새파랗게 질려

있다.

그는 너에게 이끼와 쓰디쓴 치모恥毛로 만든 북을 두들겨준다,

곪은 발가락으로 그는 모래 속에 네 눈썹을 칠한다.

네 눈썹보다, 더 길게, 그리고 그는 네 입술의 붉음을 그린다.

너는 여기서 유골단지를 채워 네 심장을 먹인다.

마지막 깃발

물빛 야생짐승 한 마리가 어슴푸레한 표지標識 속에서 쫓기고 있다.

그렇게 너는 가면을 쓰라 그리고 속눈썹을 초록빛으로 물들여라.

졸음 겨운 거친 곡식가루가 담긴 사발이 흑단탁자 위로 건네진다:

봄부터 봄까지 여기에는 포도주 거품이 일고, 그렇게 한 해는 짧아라,

그렇게 이 사수射手들에게 주는 상賞은 불꽃 같아라: 이방인의 장미—

미혹게 하는 너의 수염, 그루터기의 헛된 깃발.

떼구름과 개 짖는 소리! 그들은 광기를 고사리들에게 몰고 간다!

어부처럼 그들은 도깨비불과 입김을 향해 그물을 던진다!

그들은 왕관을 밧줄로 감고 춤으로 초대한다!

그리고 뿔피리를 샘에서 씻는다, 그렇게 그들은 유혹의 부름을 배운다.

네가 외투로 고른 것은 빈틈없이 촘촘한가, 그리하여 어슴푸레한 빛을 숨겨주는가?

그들은 나뭇등걸 주위로 잠처럼 숨어든다, 마치 꿈을 선사하기라도 할 것처럼.

이끼 낀 광기의 공 같은 심장들을, 그들은 높이 내던진다:

오 물빛 모피여, 탑에 걸린 우리의 깃발이여!

철구두의 **삐걱거림이** 체리나무 속에 있다.

투구에서 여름이 너에게 거품으로 쏟아진다. 거무스름한 뻐꾸기는

다이아몬드 같은 며느리발톱으로 하늘의 문에 그림을 그린다.

맨머리의 기병이 나뭇잎에서 솟아오른다.

방패 속에서 그는 희미하게 너의 웃음을 띠고 있다,

적의 강철 같은 땀수건에 못박힌 채.

꿈꾸는 자들의 정원이 그에게 약속되었으니

그리하여 그는 창을 겨눈다, 장미가 휘감고 올라간 곳을 향해……

하지만 너와 가장 닮은 누군가가 맨발로 대기를 가르고 온다:

가냘픈 손에 철구두를 매단 채,

그는 전투와 여름을 놓친다. 체리가

그를 위해 피를 흘리고 있다.

회귀선을 위한 노래

너는, 네가 정오에 꿈들의 상처를 준 누군가에게,

자는 동안은 그가 눈먼 애인들에게 베푸는 친절을 허락하지
않을 수 없다:

그는 시각들과 함께 골짜기로 굴러간다, 달빛에 지붕 위를
방랑하던 저들을 위한 시간은 자유롭다

미래에 올 푸름으로 빛났던, 네 세계의 지붕;

네 길이를 재고 네 무게를 쟀던 그리고 마지막으로 너를 무
덤에 놓았던, 그에게;

착란의 불꽃머리를 가진 네 아이를 품에서 들어올리는 그—

어떻게 네가 그에게 친절을, 매혹되어 그를 바라보던 눈의
친절을 허락하지 않을 수 있는가:

여기서 그에게 비치는 유일한 것은 네 이마들 위 떼 지은 별;

네 심장을 창으로 찌른 상처를 그는 여기에서만 알아본다.

얼마나 검게 너는 골짜기에 그를 내버려두는가! 더구나 위
에서는 반짝거리고 이슬처럼 빛나는데!

너는, 마치 참는 것이 문제였던, 두번째 사람인 것처럼 군다

네 시간의 바윗덩이 같은 짐, 네가 다른 이에게 더 가벼이 주

었던

　시각 없이 시각을 알리는 타종, 천년의 빛줄기바람……

　오 우울의 돌로 굳은 돛대여! 오 내가 그대들 가운데 살아 있
음이여!

　오 그대들 가운데 살아 있고 아름다운 나, 그리고 우울은 나
에게 미소 지어선 안 된다……

향연

유혹의 높은 들보 속 병들에서 밤을 비워라,

이齒로 일군 문지방, 아침이 오기 전에 파종된 분노:

어쩌면 우리에게서 여전히 이끼가 높이 돋아나리, 그들이 물레방아로부터 여기에 이르기 전에,

그들의 천천히 돌아가는 바퀴인 우리에게서 고요한 곡식을 찾기 위해……

독이 깃든 하늘 아래에서 다른 짚풀들은 황회색빛이 한층 더 짙으리,

꿈은 우리가 욕망을 위하여 주사위를 던지는 곳, 여기와는 다르게 주조되리,

잊음과 경탄이 어둠 속에서 서로 뒤바뀌는 곳, 여기와는,

모든 것이 한 시간 동안만 유효하다가 우리에게 삼켜지듯 조롱을 당하는 곳, 여기와는 다르게

반짝거리는 궤짝 속 창문의 탐욕스러운 물 속으로 내던져진 채:

그리하여 사람들의 거리에 금이 간다, 구름에게 영광을.

그렇게 외투로 당신들 몸을 감싸고 나와 함께 탁자 위로 올라가자:

아직도 잠들어 있는 것은 서 있는 것과 얼마나 다른가, 잔의 한가운데에서?

천천히 돌아가는 바퀴를 위해서가 아니라면, 우리는 누구를 위하여 아직도 꿈 축배를 드는가?

9월의 어두운 눈

돌두건頭巾 시간. 그리고 대지의 얼굴을 둘러싼 고통의 곱슬머리는

더욱 풍요롭게 샘솟는다,

죄지은 잠언의 입김에 갈변한,

취한 사과를: 아름답게 그리고

그들이 미래의 불쾌한 반조返照 속에서 하는 놀이를,

꺼려하면서.

밤꽃은 두번째로 핀다:

오리온의 임박한 귀환을 향해

궁핍하게 타오르는 희망의 신호: 하늘의

눈먼 친구들의

별처럼 밝은 열정이

그를 위로 부른다.

외로운 눈 하나 저를 감추지 않은 채

꿈의 문가에서 다툰다.

매일 일어나는 일이라면,

눈이 알기엔 충분하다:
동쪽 창가에서
가녀린 감각의 방랑자의 모습이 밤이면
그에게 나타난다는 것을.

그 눈의 젖음 속으로 너는 칼을 담근다.

바다에서 나온 돌

우리 세계의 하얀 심장, 폭력 없이 우리는 오늘 시든 옥수숫
잎의 시간쯤에서 잃어버렸다:

둥근 뭉치 하나, 그렇게 가볍게 우리 손을 벗어나 굴러간다.

꿈의 모래 무덤가에서 잠의 새로운, 붉은 양털을 잣는 일만
이 그렇게 우리에게 남았었다:

심장은 더이상 아니겠지만, 깊은 곳의 돌로 만들어진 머리칼;

조개와 파도에 대한 깊은 생각에 잠긴, 그의 이마의 가난한
보석.

어쩌면, 저 도시의 문가 허공에서 밤의 의지가 그 보석을 드
높이는 건;

우리가 누워 있는, 집 위에서 그 의지의 동녘 눈眼이 그에게
해명하는 것일지도 모를 일,

입가 바다의 흑암과 머리칼에 꽂힌 네덜란드산 튤립들을.

그들은 그에게로 창槍을 앞서서 실어나르고, 그렇게 우리는
꿈을 실어날랐다, 그렇게 우리 세계의 하얀 심장은

우리에게서 굴러가버린다. 그리하여 곱슬곱슬 엮인 직물이

그의 중심에 놓였다: 기이한 털뭉치 하나

심장의 자리에서 아름답구나.

오 두근거림이여, 그렇게 왔고 그렇게 사라졌다! 끝이 있는
곳에서 베일은 흔들린다.

프랑스에 대한 회상

에드가르 즈네*를 위하여

당신, 나와 함께 떠올리자: 파리의 하늘이여, 커다란 콜키쿰** 이여……

우리는 꽃 파는 소녀들에게서 심장을 샀네.

그것들은 파랬고 물속에서 활짝 피었지.

우리 방에는 비가 내리기 시작했어

그리고 우리 이웃이 도착했지, 므슈 르 송주***, 깡마른 작은 남자.

우리는 카드놀이를 했고, 나는 눈동자를 잃어버렸어;

너는 너의 머리칼을 내게 빌려주었지, 나는 잃어버렸고, 그는 우리를 쳐서 넘어뜨렸네.

그는 문밖으로 걸어나갔고, 비가 그를 따라갔지.

우리는 죽었네 그리고 숨을 쉴 수 있었네.

* 빈과 파리에서 활동한 초현실주의 화가. 첼란과 깊은 우정을 나누었다.
** 백합과의 여러해살이풀. 가을에 잎이 나오기 전에 꽃이 핀다.
*** '꿈' '공상'을 의미하는 프랑스어를 남자 이름으로 부른 것.

밤의 빛줄기

가장 환하게 내 저녁연인들의 머리칼이 탔다:

그녀들에게 나는 가장 가벼운 나무로 만든 관을 보낸다.

관은 마치 로마에서 꾸었던 우리 꿈속의 침대처럼 물결치며 에워싸였다.

관은 나처럼 하얀 가발을 쓰고 쉰 목소리로 말한다:

관은 나처럼 말한다, 내가 심장에게 들어오는 것을 허락해주면.

관은 프랑스어 사랑 노래를 알고 있다, 내가 가을에 불렀던 그 노래를,

여행중이던 내가 황혼의 나라에 머물며 아침을 향하여 편지를 쓸 때 불렀던.

관은 아름다운 거룻배다, 감정의 덤불에 새겨진.

나 또한 피 아래쪽으로 거룻배를 몰고 갔었지, 내가 네 눈眼보다 젊었을 때.

지금 너는 마치 3월의 눈雪 속에 죽은 새처럼 젊다,

이제 관이 네게로 와서 제 프랑스어 노래를 부른다.

그대들은 가볍다: 내 봄이 끝날 때까지 잘 만큼.

나는 더 가볍다:

이방인들 앞에서 노래할 만큼.

너로부터 나에게로의 세월

내가 울면, 네 머리칼이 다시 물결친다. 네 두 눈의 푸른빛과 함께

너는 우리 사랑의 식탁을 차린다, 여름과 가을 사이의 침대를.

우리는 마신다, 내가 아니고 너도 아니고 제삼자도 아닌 누군가 빚은 술을:

우리는 빈 것이자 마지막인 것을 홀짝거린다.

우리는 심해의 거울에 우리를 비춰 본다 그리고 서로에게 더 빨리 음식을 건넨다:

밤은 밤이다, 밤은 아침과 함께 시작한다,

밤이 나를 네 곁에 눕힌다.

먼 곳을 위한 찬양

네 두 눈의 샘 속에
이르호수* 어부들의 그물이 산다.
네 두 눈의 샘 속에서
바다는 제 약속을 지킨다.

여기서 나는 던진다,
사람들 사이에 머물렀던, 심장 하나를,
나의 옷가지들과 맹세의 광채를:

검은 것 속에서 더 검게, 나는 더욱 벌거벗었다;
배반을 하고서야 비로소 나는 충실하다;
내가 내가 될 때, 나는 너다.

네 두 눈의 샘 속에서
나는 표류하며 도둑질을 꿈꾼다.

● 오스트리아의 잘츠카머구트에 있는 호수. 다른 한편으로는 독일어 동사 'irren(방황하다, 헤매다, 나쁜 길로 빠지다)'의 어간과 'See(호수)'를 합쳐서 첼란이 만들어낸 시어일 수도 있다.

그물 하나가 그물 하나를 포획했다—
우리는 포옹한 채 헤어진다.

네 두 눈의 샘 속에서
목매달린 자가 목의 밧줄을 조인다.

온 생애

선잠이 든 태양들은 아침이 오기 한 시간 전의 네 머리칼처럼 푸르다.

게다가 태양들은 새의 무덤 위로 돋은 풀처럼 빨리 자란다.

게다가 우리가 욕망의 배에 승선해 꿈으로 했던 놀이가, 태양들을 유혹한다.

시간의 백악암白堊岩에서 태양들은 비수들과도 마주친다.

깊은 잠이 든 태양들은 더욱 푸르다: 네 곱슬머리가 단 한 번 그랬던 것처럼.

나는 밤바람이 되어 돈으로 살 수 있는 네 누이의 품안에 머문다.

네 머리칼이 우리 위 나무에 걸려 있었지만, 너는 그곳에 없었다.

우리는 세계였다 그리고 너는 문들 앞의 덤불이었다.

죽음의 태양들은 우리 아이의 머리칼처럼 하얗다:

네가 모래언덕에 천막을 쳤을 때, 아이는 밀물에서 솟아나왔다.

아이는 불빛 꺼진 두 눈으로 행복의 칼을 우리 위로 빼든다.

데우칼리온과 피라*

황금의 언설처럼 조소하듯 이 밤은 시작된다.

우리는 말없는 이들의 사과를 먹는다;

우리는 사람들이, 제 별에게 기꺼이 맡기는 일을 한다;

우리는 가을에 우리의 보리수에게 명상하는 깃발의 붉음으로,

남쪽에서 온 타오르는 손님들로 서 있다.

우리는 그리스도 새로운 분에게 맹세한다, 먼지를 먼지에게

짝지어주기로,

새들은 방랑하는 신발에게,

우리의 심장은 물속의 사다리에게.

우리는 세계에 모래의 성스러운 서약들을 맹세한다,

우리는 기꺼이 맹세한다,

우리는 꿈 없는 잠의 지붕들에 의해 시끄럽게 맹세하고

시간의 흰머리를 흔드네……

그들이 부른다: 너희 홍보는구나—

• 그리스신화의 인물들. 프로메테우스의 아들인 데우칼리온은 에피메테우스와 판도라 사이에서 태어난 딸인 피라와 결혼했다.

우리는 오래전부터 안다.

우리는 오래전부터 안다, 하지만 그것이 무슨 소용인가?

너희는 죽음의 물레방아에서 약속의 하얀 가루를 빻는다,

너희는 그것을 우리 형제와 누이 앞에 놓아둔다—

우리는 시간의 흰머리를 흔드네.

너희는 우리에게 경고한다: 너희 흉보는구나—

우리는 잘 안다,

죄가 우리에게 주어지리.

온갖 경고 표시의 죄가 우리에게 주어지리,

콸콸 소리내는 바다가 오리니,

전환의 갑옷을 입은 돌풍이,

한밤중의 낮이,

한 번도 존재하지 않았던 것이 오리니!

카네이션을 단 인간이 오리니.

코로나

가을은 내 손에서 잎사귀들을 받아먹는다: 우리는 친구다.

우리는 호두 껍데기를 벗겨 시간을 꺼내 걷는 법을 가르쳐
준다:

시간은 껍데기 속으로 돌아간다.

거울 속에 일요일이 있다,

꿈속에서 잠이 든다,

입은 진실을 말한다.

내 눈은 사랑하는 이의 성기로 내려간다: 우리는 서로 바라
본다,

우리는 서로 어두운 것을 말한다.

우리는 양귀비와 기억처럼 서로 사랑한다.

우리는 조개 속의 포도주처럼 잔다,

달의 핏빛 속에 잠긴 바다처럼 잔다.

우리는 한데 얽혀 창문 안에 서 있다, 거리에서 그들이 우리
를 바라본다:

알아야 할 시간이다!

돌은 꽃으로 피기로 하고;

마음속 불안이 심장을 두드리는, 시간이다.

시간이 되는, 시간이다.

시간이다.

여행중에

그것은 먼지를 너의 시종으로 만드는, 어떤 시간,
파리에 있는 너의 집을 네 손의 희생의 장소로 만드는 시간,
네 검은 눈을 가장 검은 눈으로 만드는 시간.

그것은 네 심장을 위한 마차 한 대가 멈춰 서는, 어느 농가.
네가 마차를 몰고 간다면, 네 머리칼은 흩날리고 싶겠지만,
그것은 금지된 일—
그들은 머문 채 손을 흔든다, 그것을 알지 못한다.

죽음의 푸가

새벽의 **검은** 우유 우유를 우리는 저녁에 들이켜네

우리는 들이켜네 우유를 한낮에도 아침에도 우리는 들이켜네 우유를 밤에도

우리는 들이켜고 들이켜네

우리는 공중에 무덤을 파네 그곳은 눕기에 좁지 않아서

한 남자가 그 집안에 사네 그는 뱀들과 노네 그는 쓰네

날이 어두워지면 그는 쓰네 독일을 향하여 너의 금빛 머리칼 마르가레테여

그가 그것을 쓰고 집 앞으로 나서면 별들이 번쩍이고 그는 휘파람으로 자신의 사냥개들을 부르네

그는 휘파람으로 자신의 유대인들을 불러내 땅속에 무덤을 파게 하네

그는 우리에게 명령하네 이제 춤을 위한 음악을 연주하라

새벽의 검은 우유 당신을 우리는 밤에 들이켜네

우리는 들이켜네 당신을 아침에도 한낮에도 우리는 들이켜네 당신을 저녁에도

우리는 들이켜고 들이켜네

한 남자가 그 집안에 사네 그는 뱀들과 노네 그는 쓰네

날이 어두워지면 그는 쓰네 독일을 향하여 너의 금빛 머리칼 마르가레테여

너의 잿빛 머리칼 술라미트여 우리는 공중에 무덤을 파네 그

곳은 눕기에 좁지 않아서

　그는 외치네 땅속으로 더 깊이 찔러라 너희는 이쪽에서 너희
는 저쪽에서 노래하고 연주하라
　그는 허리띠의 쇠붙이를 움켜쥐고 그것을 휘두르네 그의 두
눈은 파랗지
　삽을 더 깊이 찔러라 너희는 이쪽에서 너희는 저쪽에서 춤을
위한 음악을 계속 연주하라

　새벽의 검은 우유 당신을 우리는 밤에 들이켜네
　우리는 들이켜네 당신을 한낮에도 아침에도 우리는 들이켜
네 당신을 저녁에도
　우리는 들이켜고 들이켜네
　한 남자가 그 집안에 사네 너의 금빛 머리칼 마르가레테여
　너의 잿빛 머리칼 술라미트여 그는 뱀들과 노네

　그는 외치네 더 달콤하게 죽음을 연주하라 죽음은 독일에서
온 거장
　그는 외치네 더 어둡게 바이올린을 연주하라 그러면 너희는
연기가 되어 공중으로 올라가리라
　그러면 너희는 구름 속에 무덤을 갖게 되리라 그곳은 눕기에
좁지 않아서

새벽의 검은 우유 당신을 우리는 밤에 들이켜네

우리는 당신을 한낮에 들이켜네 죽음은 독일에서 온 거장

우리는 들이켜네 당신을 저녁에도 아침에도 우리는 들이켜
고 들이켜네

죽음은 독일에서 온 거장 그의 눈은 파랗지

그는 납총알로 당신을 관통시키네 정확하게 관통시키네

한 남자가 그 집안에 사네 너의 금빛 머리칼 마르가레테여

그는 자신의 사냥개를 우리에게로 몰아대지 그는 우리에게
공중의 무덤을 선물하네

그는 뱀들과 노네 꿈을 꾸네 죽음은 독일에서 온 거장

너의 금빛 머리칼 마르가레테여

너의 잿빛 머리칼 술라미트여

**시간의
농가**

유고에서 나온 후기 시

I
시간의 농가

방랑의 다년초, 너는 너에게
연설들 가운데 하나를 잡아준다,

맹세를 끊은 애스터*가
여기에 합쳐진다,

노래들을 깨부수었던
누군가가,
지금 먼지에게 말했더라면,
그의 그리고 모두의
눈멀게 하기는
일어나지 않았을 텐데.

* 국화과에 속한 한해살이풀.

증오에 찬 달은

침을 튀기며 사지를 뻗는다

무無의 뒤에서,

정–

통한 희망, 절반의 희망,

저를 꺼버린다,

파란빛 지금, 파란빛,

봉지들 속에서,

비참하게, 단단한

함지들 속에서 불꽃을 일으켰다.

돌던지기놀이가

이마들을 구한다,

너는 제단들을 굴린다

시간 안쪽으로.

금, 누비아*의

손도장들을 이어가며—길을,

그런 다음 네게로 향하는 보도를 이어가며, 비스듬히

놓인 돌을 지나, 저편으로

꿈의 금단–시간들에서 나와,

두 모래덩이, 사방의 바람을 맞으며,

내 편을 든다,

별에 전염되어 습지는

소나무들 가운데 하나의 둘레에 눕는다,

플라타너스의 그루터기들이 부르는

합창은

기도에 대항하는 기도를 위해

몸을 굽힌다,

봉인된 뗏목으로

나는 너에게 이름들을 지어주리, 그 이름들을 너는

나무못으로 단단히 박으렴, 비의 거품 곁에서,

●   홍해와 리비아사막에 둘러싸인 지역으로. 고대 이집트의 황금 공급지였다.

전투귀뚜라미들이 오리라,
내 수염으로부터,

생각의 아가미 앞에 이미
눈물이 서 있다.

가라앉는 고래의 이마로부터

나는 너를 읽어낸다—

너는 나를 알아보는구나,

하늘은

포경작살에

달려들고,

여섯 다리로

우리의 별은 거품 속에 웅크리고 있다,

천천히

그걸 보는 누군가가 게양한다,

위로의 한입을: 짝을

부르고 있는 무無를.

너는 누워 있다
너를 넘어서,

너를 넘어서
네 운명이 누워 있다,

흰 눈眼으로, 노래 하나에서
흘러나온, 무언가가 그에게로 내디딘다,
그것은
혀를 뿌리째 뽑기를 돕는다,
정오에도, 바깥에서.

비단으로 덮인 어디에도 없음이
빛줄기에 제 영속을 바친다,

나는 여기에서 너를
볼 수 있다.

그대들에게 들어가는 것은 허락되었다, 나가는 것은—

모래모자 밑에서 너의 엿듣지 않고
잠자는
뇌가
얻어낼 수 없는, 하나의,
대양 같은
하루를 조종한다,

오라, 나는 밝아진다,

오라, 나는 너를

나에게 그리고 너에게도 내준다,

지나치게 키워진 것을,

무거운 것을.

포도원의 벽이 공략된다

영원의 덜컹거림에 의해,

포도덩굴은

반란을 일으킨다,

함께 덜컹거린다

척수가, 심장이

답답할 때, 더욱

진짜 같은 몸체 속에서,

다섯 곡식알을 네 곳의 바다에

나누어준다,

잠기려무나.

내가 너를 그림자로
스치고 나서야 비로소,
너는 내 입을
믿는다,

입은 늦은-
신중한 것과 함께 위로 기어오른다
시간의 뜰에서
주위를 빙 둘러,

너는 군대를 향하여 찌른다
천사들 가운데
두번째로 쓰이는 이,

침묵에 미쳐 있는 것이
별로 드리운다.

가장 먼

부차적인 뜻 속에, 마비된
아멘-계단의 발치에:
남김없이 노획된
단계 실존,

가까이에, 하수 도랑에서,
격언들은 아직
배불리 먹는다,

잠분비물의
옆모습이 꿈힘줄로 강해졌다,
그 박동하는
한쪽 관자놀이에
얼음이 생겨난다,

어떤 책도 펼쳐지지 않는다,

극한의 무無가
나를 향했다,
그것은 싸움을 포기한다,
얼음 속에서,

우리는 우리 안의 가장 치명적인 것을 바꿀,
준비가 되었다,

호출음을 냈던 가시,
요람을 지나 올라간다,

시간기록계 뒤에서 광기에 굳건한 시간이
몸을 맡긴다.

저격당했다

에메랄드길에서,

애벌레의 부화, 별의 부화, 모든
용골과 함께
나는 너를 찾는다,
허위를.

모든 잠의 형상, 결정질의,
그것을 너는 받아들였다
언어의 그림자 속에,

그 형상들에게로
나는 내 피를 데리고 간다,

그림의 행들, 그것들을
나는 숨겨야 한다
내 인식의
갈라진 틈의 정맥들 속으로―,

내 애도가, 나는 보네,
네게로 달려드는 것을.

두 개의 시각결절, 두 개의
꿰맨 흉터,
여기도, 얼굴을
가로질러서,

빛 하나, 오래전부터 바깥에서
너의 첫
불들에게 물어본,
인식된 것 속으로
미끄러지듯 빠져들어간다.

나의

번갯불이 번쩍거리는 무릎 앞에

멈춰 서기 위해 손이 온다,

그 손으로 너는

네 눈 위를 쓰다듬었지,

덜컹거림은

내가 우리 둘을 빙 둘러 그렸던

원 속에서, 확신을

얻는다,

때때로 물론

하늘이

우리의 파편보다

앞서 죽는다.

너는 나 익사한 자에게

금을 던지는구나:

아마도 물고기가

뇌물을 받겠지.

속삭임의 집,
윤일에 열렸다,

황마黃麻 위에
전해졌다, 표면-
깊숙이,

마찰-음에
시민권을 부여한다,

혀 꼬부라지는 소리의 단계를
입술-
쐐기들이
보살핀다,

—다른 것이
맞물려 있나,
때 이르게?—,

이러한, 그래 이러한
네 손들이 내는
빙하의 비명을,

죽은 자—자일등반대가
만년설의 봉우리로 함께 나른다,

자극磁極을 바꾼
달은
너를 거부한다, 두번째의
지구여,

여분의 하늘가에, 죽음으로 당당하게,
쇄도하는 별 무리는
장애물을 극복한다.

작은 밤: 네가

나를 받아들일 때, 받아들일 때,

위로,

바닥 위에 있는

세 고통의 관세:

모래로 지어진 죽음의 외투들 모두,

도움 전혀 없음들 모두,

혀로

그곳에서 아직 웃고 있는

모든 것—

불안정에

기대기:

심연 속의

두 손가락으로 튀긴다, 초고^{草稿}

속에서

세계가 솨솨 소리내기 시작한다. 그것은

네게 달려 있다.

나는 조롱한다 내 밤으로,

우리는 약탈한다

여기서 잡아뗀,

모든 것을,

또한 네

암흑도 내려놓으렴

나의, 반쯤은, 달리고 있는

눈眠들 위에,

또한 네 암흑은 사방으로부터,

들어야 하지,

각각의 그늘짐의

부정할 수 없는 메아리를.

네 시계의 얼굴,

푸른색의 불꽃으로 겹겹이—

쌓여서,

제 숫자들을 선사한다,

내

출신은

둘러본다, 네 안으로

들어간다, 하나가—

된 크리스털들이

흐느껴 운다.

나는 너를 안내한다 세계의 뒤로,

그곳에서 너는 네 옆에 있다, 흔들리지 않고,

명랑하게

쩌르레기는 죽음을 측량한다,

갈대는 돌에게 거절의 신호를 보낸다, 네게는

오늘 저녁을 위한

모든 것이 있다고.

나의

네게로 숨어든 영혼은

너를 듣는다

뇌우가 치는 것을,

네 목의 구렁 안에서 내 별은

배운다, 사람들이 어떻게 쓰러져

진실이 되는지,

나는 별을 손가락으로 더듬어 다시 나오게 한다—

오렴, 별과 함께 의논하렴,

오늘 중에.

별 하나가

빛을 엿듣는다,
한 시간은 한 시간을
쫓아낸다,

마음 무겁게
청람색이
너를 지나 저쪽으로 굴러간다,

네 핏빛
침이
사로잡힌 티끌 하나를
기쁘게 한다,

어머니의 남은 동강은
조숙한 얼굴을 인도해
고통을 가로지른다,

고통의 신은
그림들의 전방을 베면서 사열한다,
가장 높은
요람의

산마루 위에서.

작은 뿌리의 꿈, 나를 여기에서 지탱했던,

피로 씻겨,

누구에게도 더이상 보이지 않는,

죽음의 소유,

그대여 이마를 불룩이 내밀어보렴,

이야기가 이어지도록, 땅으로부터,

열정으로부터, 눈을 가진 것

그것으로부터, 또한

여기, 그대가 눈먼 자의 책장으로부터 나를 읽어내는 곳에서,

또한

여기,

그대가 나를 그렇게도 정확히

부인하는 곳에서.

Ⅱ

만렐적인 이들은, 네가 절반만 말했던,

하지만 싹에서부터 온몸을 떠는,

너를

나는 기다리게 하리,

너를.

그리고 아직

눈은

뽑히지 않았다,

아직 메마르지 않았다 노래의

별자리에서, 그것은 시작된다:

Hachnissini.*

* '네 안에 나를 숨겨다오'를 뜻하는 히브리어. 유대인 시인 하임 나만 비알
리크가 쓴 시의 한 구절이다.

서 있었다

작은 무화과 조각이 네 입술 위에,

서 있었다

예루살렘이 우리를 에워싸고,

서 있었다

맑은 전나무의 향기가

우리가 고마워했던 덴마크배 위에,

나는 서 있었다

네 안에.

잉걸불이

우리를 합해 셈한다

압살롬*의 무덤 앞

당나귀의 비명 속에서, 또한 여기에서,

겟세마네,** 저 너머,

돌아서 갔던 것, 누구를

첩첩이 쌓는가?

가장 가까운 문가에서는 아무것도 나타나지 않는다,

네 위에, 열린 자여, 나는 너를 나에게로 나른다.

● 구약성서의 사무엘서에 나오는 인물. 다윗의 아들로 아버지에게 반역하고
죽임을 당한다.
●● 예수가 십자가형을 당하기 전날 밤 기도를 올리고 체포당한 감람산의 정
원으로, 예루살렘 동쪽에 위치해 있다.

우리, 갯보리처럼 지키는 자들,
네베 아비빔*에서,

입맞춤을 받지 못한
비탄의 돌은
쇄쇄 소리내기 시작한다,
충만 앞에서,

돌이 우리의 입들을 느낀다,
돌이 우리에게로
옮겨온다,

우리에게 건네진 것은
그의 흰빛,

우리는 이어서 넘겨준다:
너에게 그리고 나에게,

밤은, 조심하렴, 모래로—

●　이스라엘 텔아비브 북쪽의 주거지역. 첼란은 1969년 이스라엘 방문 당시
이곳에 있는 체르노비츠 출신 친구의 집에 머물렀다.

명령된 밤은,

정확히 그것을 취한다

우리 둘과 함께.

반지 하나, 활을 당기기 위하여,

말言의 무리에 나중에 보내졌다,

세계의 뒤에서 찌르레기들과,

떠나버린 그 무리,

화살 같은 이, 네가 나를 향해 피융 소리낼 때,

나는 안다, 어디로부터인지,

나는 잊어버린다, 어디로부터인지.

빛 남은, 그래 저,
아부 토르*는
우리에게 말을 타고 달려오는 것을 보았다, 우리가
손목으로부터뿐만 아니라 삶 앞에서
서로 뒤섞여 버림받았을 때—:

사원 깊은 곳에서 온,
황금부표 하나,
우리에게 얌전히 굴복했던,
위험을 가늠한다.

● 유대인과 아랍인이 함께 거주하는 예루살렘의 마을. 아랍어로 '황소의 아버지'라는 뜻이다.

그대 번쩍이는 이여

우주 속 현혹의

전이轉移여,

하늘을 초월한 수색대에

붙잡혔다,

눈에 보이는, 신-

없는

성운-푸름 속으로

밀려갔다,

너는 우리의

배고픈, 부동의

숨구멍 앞에서

상한 냄새를 풍기는구나

함께 있는 태양, 두

빛의 총탄 사이

심연으로.

오렴, 세계를 너와 함께 펴놓으렴,

오렴, 나를 그대들에게 부어 채우렴

내 모든 것과 함께,

너와 함께 나는 하나가 된다,

우리를 약탈하기 위하여,

또한 지금도.

장화 하나 가득한 뇌가

빗속에 놓였다:

한 걸음이 될 것이다. 커다란,

그들이 우리에게 그어놓은,

경계를 아득히 넘어가는 걸음이.

트롬본악절들

이글거리는

텅 빈 가사 속 깊이,

횃불의 높이로,

시간의 구멍 속에:

여러 번 듣고 익숙해지렴

입으로.

극점이
우리 안에 있다,
깨어 있을 때
넘어갈 수 없이,
우리는 저 너머, 연민의
문 앞에서 잠잔다.

나는 너에게서 너를 잃는다, 그것이
내 눈雪의 위로다.

말하렴, 예루살렘이라고.

그걸 말하렴, 내가 이러한
네 흰빛이기라도 한 것처럼,
네가
내 흰빛이기라도 한 것처럼,

우리가 우리 없이 우리일 수도 있는 것처럼,

영원히, 나는 너를 책장처럼 넘긴다고.

너는 기도한다, 너는 재운다

우리를 자유롭게.

왕도가 가상의 문 뒤에,

역逆 –
별자리에서 다시 죽은
사자자리가 그 앞에,

천체, 용골 위,
다시 늪지가 되었네,

그대, 상처를
이해하려 노력하는
속눈썹과 함께.

감각이 또한 **온다**
더 좁은 숲길 거기에서부터,

감각을 **토한다**
우리가 세운 기념비들 중
가장 치명적인 것이.

나는 포도주를 마신다 잔 두 개로

그리고 밭을 간다

왕의 검열에 대해

어떤 이가

핀다로스*에게 한 것처럼,

신은 음차音叉를 반납한다

작은 의인들 가운데

하나로서,

추첨기에서 떨어진다

우리의 뜻이.

● 고대 그리스의 합창가 시인.

무언가가 **될 것이다**, 나중에,
너로 가득차
입가에서
부풀어오른다

산산이 조각난
망상에서
나는 일어나
내 손을 바라본다,
손이 어떻게
단 하나의
원을 그리는지

무無, 우리의

이름들을 위해서

—이름들이 우리를 모은다—,

인장을 찍는다,

끝은 우리에게서

시작을 믿는다,

우리에게

침묵하는

대가들 앞에서,

분리되지 않음 속, 축축한

밝음이

저를 증언한다.

종 모양의 것 안에서 숨을 헐떡거린다
믿는 자—믿지 않는 자의
영혼들이,

별의 못된 장난은
계속된다, 또한 황무지감각 안에서
네가 언덕처럼 에워쌌던
내 손과 함께,

우리는 오래전부터
그곳에 있다.

내가 반지의 그림자를 지니는 것처럼,

너는 반지를 지닌다,

무거운 것에 길들여진, 무엇,

우리를

들어올리다가 다친다,

끝없이

끊임없음을 빼앗기는 너.

낯선 것이
우리를 그물 속에 가둔다,
허무함은 어쩔 줄 모르고
우리를 통과해 붙잡는다,

내 맥박을 세어보렴, 맥박 또한,
네 안으로 들어간다,

그런 다음 우리는 일어난다,
너에게 대항해서, 나에게 대항해서,

무언가 우리에게 옷을 입힌다,
낮의 피부로, 밤의 피부로,
가장 높이 있는, 추락에―
중독된 진지함과 함께 할 놀이를 위하여.

두루 빛난다,

내가 네 안에서

헤엄쳐 얻었던 씨앗들,

자유롭게 노 저었다

이름들은—그들은

해협을 항해하네,

축사 한마디, 앞에서,

둥글게 뭉쳐진다

날씨에 민감한

주먹으로.

계속 성유를 발랐다. 바깥에서, 돌-

밀알 속,

노래하는

손으로,

절반의 체꽃,

아끼며,

북가죽의 찢어진 자리 앞에서,

왼쪽

발밑에

창문 하나―그건

땅?

장소바꾸기, 본질들 곁에서:
너는 네게로 가라, 너를 연결해라,
실종된
땅의 빛에,

나는 듣는다, 우리가
하늘의 식물이었다고,
그건 증명되어야 하지, 위로
부터, 우리의
뿌리를 따라,

두 개의 태양이 있네, 듣고 있니,
둘,
하나가 아닌—
그래 그래서?

세계, 모든 방귀에 알맞은,

세계,

나는, 나는,

네 곁에, 네 곁에, 머리를

빡빡 민 이여.

무엇이 쓴맛을 내며
들어오나?

커다란 유일자들은
난쟁이가 된다
청각피질−찬가에서,

복되게
속삭거린다 엄지를 조이는 고문도구가
더 명랑한
사지를 펴는 고문대 꼭대기에서,

결정적인
휴식들이
배급
된다,

혈구계산기 속에서,
반항하며,
반지들은 나머지를
숭배한다.

아래로 내린

신들의 엄지손가락들, 나는, 나무껍질―

셔츠를 입고,

가장 아래쪽에 있는 딱따구리를 맞아들인다, 금세

오늘이다, 영원히,

표시들이,

빛줄기들의 한패거리가,

춤을 추며

반물질을 넘어

온다, 너에게로,

혜성의―

보호를 받으며.

크로커스, 손님을 환대하는

식탁에서부터 보였다:

공동의

진실의

표지에 민감한

짧은 유배,

너는

모든 줄기가 필요하다.

포도를 가꾸는 사람들이
어두운 시간의 시계 주위를 판다,
깊이깊이,

너는 읽는다,

눈에
보이지 않는 자가 바람에
도전한다,

너는 읽는다,

열린 자들이 눈 뒤의 돌을
짊어진다,
돌은 너를 알아본다,
사바스*의 날에.

• 유대교의 안식일로 금요일 오후부터 토요일 오후까지다.

흩어져 있는 시

바다의 노래

사랑이여, 내 바다 위에서
내 배는 낯선 표지를 쫓네.
내가 너에게 허락하지 않았던, 바람들,
내가 돛을 내리게 하네.

내가 너에게 열어주지 않았던, 궤,
나는 달리네, 바닷속에 가라앉히기 위해,
내가 바다에 담갔던, 노들,
내가 배를 조종하도록 돕네.

내가 길게 꿰맸던, 그물들,
나는 던졌네, 밤을 붙잡기 위해—
그러나 기이하고도 능숙하게
네 팔은 억센 그물코들을 푸는구나.

육지

어둠 속의 누이여, 약을 건네주렴
하얀 삶에 그리고 말없는 입에.
네 주발에서, 그 안에 물결 있으리,
나는 산호바닥의 은은한 빛을 마신다.

나는 조개를 긷는다, 나는 노를 들어올린다,
땅이 허락하지 않았던 자에게서, 미끄러져떨어졌던, 노.
섬은 더이상 푸르러지지 않는다, 내 어린 형제여,
그리고 영혼만이 해초줄기를 잡아당긴다.

그러고는 기이하게 저 종이 울린다 아니……
그러고는 깊은 곳의 향유가 떨어진다, 내 낯선 이여……
누구를 높이기 위해, 나는 무릎을 꿇었나?
셔츠 아래 어느 상처에서 나는 피를 흘리나?

내 심장은 그림자를 드리운다, 너의 어느 손이
사라져버리나, 내가 방어하며 골라낼 때까지:
나는 더이상 구릉지로 오르려 하지 않네.

저 바다의 별들에 매달려라, 내 영혼이여.

검은 왕관

얽히고설킨 상처에서 나온 피로
너는 네 가시를 적신다;
웅크리고 앉아 딱 달라붙은
불안이 모든 어둠을 다스리리.

내 헤매는 손들을 깍지 끼리.

모든 기쁨, 모든 경건함
나는 노래하면서 네게 오는 것을 보았다.
너는 그것들을 손도끼로 쳐죽였다.
오 네 화살촉의 독이여.

내 흐린 눈들을 낫게 하리.

바람들 속에서, 매서운 바람들 속에서,
너는 다정한 하프를 모두 찢는다.
너는 낮의 달콤한 이슬을 밟는가……
누구의 걸음인가—비탄의 울림인가?

내 흩날리는 손더듬이를 짊어지고 가리.

과묵한 이들과 함께, 많은 과묵한 이들과 함께,
너는 낯선 폭풍들이 연주하게 한다.
정적 속으로, 드넓음 속으로,
너는 네 불타오르는 장작들을 던진다.

내 조용한 잠들을 준비하리.

헤맴

달처럼 밝은 심장: 지금 거울상像의 너울이 부풀어오른다.
수풀에서는 잠자는 이의 천사가 쓴 장과漿果를 딴다.
이제 내 피가 방패 속 창에 찔린 상처를 위로한다;
밀물과 썰물이 별바다의 여름에게로 피어난다.

너는 하지만 지금 준비하는가, 보리수가 너에게 달콤한 선물
을 하도록?
장미의 구름은 네 눈 속에서 아주 포기하며 무너졌나?

(너는 내게 들어서 알았는가, 꿈들이 어떻게 관자놀이를 상
처 냈는지?)

네 속눈썹은 동경과 물결의 거품을 생각하지 않으려 했다……
옥수수는 달 속에서 선명하게 어두워지고 나는 축복을 보내
지 않는다.

구름들이 울려퍼지면, 네 관절은 죔쇠에 머무는가?
그리고 벨벳으로 만든 눈眼 속에서 가을의 빛은 반짝거리지

않는가?

그러면 나, 네 눈물의 시종, 사로잡혀 머물리니.

잠자는 연인

어스름의 조직이 자란다: 자라!
어슴푸레한 월계수를 이제 네 관자놀이가 떠받친다.
그리고 아직 아무도 뛰어넘지 못한, 한 사람이,
고대한다, 꿈이 그를 뛰어넘을지.

빈틈없는 눈으로 그는 네 가벼운 배들을 좇는다:
"족쇄가 풀리는가? 풀린 것 속으로 가라앉는가?"
그리고 네 얼굴에서 등을 돌리고 그는 붉은 장미를 위해
운다.

시간이 어떻게 가지를 뻗는지,
세계는 더이상 알지 못한다.
시간이 여름을 바이올린으로 연주하는 곳에서,
바다는 얼어붙는다.

심장들이 어디에서 왔는지,
망각은 안다.
궤, 성유물 상자와 장롱 속에서
시간은 진실하게 자란다.

시간은 아름다운 말 하나를 만들어낸다
커다란 근심으로부터.
그런저런 장소에서
그것은 네게 의심의 여지가 없다.

숫자풀이노래*

나는 크고, 너는 병아리,

하하하늘, 너는 몸을 굽혀야 해,

나는 내게 나의 슈푸트니크**를 꺾어줘야만 해.

처음엔 노란 이,

그다음은 같은 이,

그다음은 검은 이

사마귀와 함께,

그 밖에는 고양이가 우리를 잡아먹네.

그 밖에는 그리고 그 안에는,

폴리카르프 그리고 폴리페모스***,

루스루스, 란담, 에리카

그리고 상점이 통째로 그곳에—

* 숫자의 차례에 따라 운을 맞춰 엮어가며 부르는 노래.
** 소련에서 발사한 인공위성 '스푸트니크'를 잘못된 독일어 발음으로 표기
해 풍자한 것이다.
*** 그리스신화 속 외눈박이 거인.

무얼 위해—왜냐면—그래왜냐면무얼위해

했더라면했더라면 쉬게 될걸.•

• 1연은 Kücken(병아리)-bücken(굽히다)-pflücken(꺾다)로, 2연은 der gelbe(노란 이)-derselbe(같은 이), der schwarze(검은 이)-Warze(사마귀)-Katze(고양이)로, 3연은 AuBerdem(그 밖에)-Innerdem(그 안에), Polikarp(폴리카르프)-Polyphem(폴리페모스), wozu(무얼 위해)-weil(왜냐면)-Jaweilwozu(그래왜냐면무얼위해) 등으로 운을 맞추었다.

운과 압운과 함께한
위대한 생일날의 푸름푸름

R(에르)-미타게,•

그곳에 푸른 급사가 걸려 있네,

그곳에 걸려 있네, 올가미•• 안에:

그는 피크-아스(소?)의 작품이다

누가 그를 떼어내는가?

쓸데없는 소리.

떼어내서 어디에 두는가?

노이루핀 방향에.

케이크 안에.

그곳에서 당신들은 그를 찾을 수 있네.

그곳에서 당신들은 그를 발견할 수 있네,

청색시대에 나온

건포도들 옆에서,

쾨•••에서 왼쪽,

• 상트페테르부르크의 예술박물관 '예르미타시'를 암시한다.
•• 해당 단어는 'Lasso'로, 다음 행의 'Pik-As(so)'와 운을 맞추었다.
••• 뒤셀도르프의 유명한 거리 '쾨니히스알레'의 애칭이며, 피카소의 희곡
『꼬리 잡힌 욕망Le Désir attrapé par la queue』의 'queue'와 발음이 유사하다.

뒤셀에서 오른쪽,

푸른 주발 안에서.

그는 끄트머리에 웅크리고 앉아

현기증나는 것을 확신하네.

둘로 갈라진 생각의 음악은

끝이 없는 이중의 고리를

글로 쓴다, 불타오르는

제로-눈眼들을

통과해서,

그 위에

천막을 펼치는 비명이

일어선다, 모래언덕,

끝없이 발견되며,

그에게로 투신한다, 새로운 것 속으로,

그에게 충고를 부탁한다, 언젠가,

기도하는 마음의 뛰어오름들,

언제나,

취해서―

타버린

* 프랑스의 시인이자 화가. 첼란은 그의 시를 독일어로 번역하기도 했다.

카인의 표지, 불똥을 튀기며,

낮은 소리로 망치질하는 나무의 눈틀 속에 있는,

급작스러운,

그칠 줄 모르는

딱총나무 뒤의 글로켄슈필*로부터 빛을 받아, 구석구석─

환해져

졸음에서 깨어난다, 잠에서 깨어난다.

의연하지 않은 과잉은 먹는다

매캐한

샘을.

● 관현악에 쓰이는 타악기의 일종.

ST

파우 하나, pf, 사실상,

때린다, mps,

일곱-바퀴:

o

oo

ooo

O

이러한

자유로운,

원통으로 속도를 낸

주먹(주먹이

길을 낸다):

그렇게

하얗게

주먹은 존재하려 한다,

너를 빛내주는 것처럼,

네가 둥실거리며 그 옆을 가면,

그걸 해독하기 위하여,

깨물어 상처 난

입술로, 땀구멍에서

나에게로 거칠게 다가섰던, 잠에 실려, 오로지

번쩍거리는

네가-안다-그리고-네가-안다

때문에.

어두워졌다

거리낌없이,
안개가 드리운 것에 대항해서,
매달린 촛대는 타오른다
아래로, 우리에게로

수없이 팔이 달린 불,
지금 자신의 쇠로 된 연장을 찾고 있다, 들어라,
어디에서, 인간의 피부에 가깝게,
쉿쉿거리는지를,

찾아라,
잃어라,

급하게
읽힌다, 몇 분 동안,
무거운,
가물거리는
지시는.

빛을 포기하고 난 뒤:

전령의 걸음으로 밝은,

울리는 낮.

피어오르고 싶어하는 소식은,

더 새되게 더 새되게,

피가 흐르는 귀를 향하여 찾는다.

분명히, 멀리서, 열린
괄호표,

사랑하는 이들을 풀어주었다,
또한 월름*뿌리-감금에서,

검은-
혀 같은 것, 익어서, 죽음에 임해,
또 한번 시끄러워지고, 빛나는 것은
더 가까이 움직인다.

• 첼란이 강사로 일했던 파리 에콜 노르말 쉬페리외르가 위치한 거리.

공중밧줄에서 아래로-
끌어내려져, 너는 헤아린다,
무엇을 기대할 수 있는지
그렇게 많은 선물에서,

우리 위에 떨어지는 이의
치즈처럼-하얀 얼굴,

빛지침指針을 넣어라, 빛-
숫자를,

곧, 인간의 방법대로,
어둠이 더해져 섞인다,
네가

모든 이러한
참회하지 않는, 복종하지 않는
놀이로부터 분간해낸 어둠이.

머리들 위로
들어올려졌다
기호는, 자신이 명명했던, 장소에
꿈처럼 강하게 사로잡혔다.

지금은:
담뱃잎으로 신호한다,
하늘이 연기를
피울 때까지.

너는 내던지는가
글자가 쓰인
닻의 돌을?

나를 여기서 붙잡는 것은 아무것도 아님,

살아 있는 이들의 밤도 아니고,
길들여지지 않는 이들의 밤도 아니고,
다루기 쉬운 이들의 밤도 아니고,

오라, 나와 함께 문의 돌을 굴리자
정복되지 않은 천막 앞에서.

이의가 제기된 돌은,

회녹색이며, 풀려났다

졸음 속으로.

되팔렸던 잉걸불덩들이

비춘다

작은 한 조각의 세계를:

그러니 너는 또한

그것이었구나.

기억의 틈 속에

제멋대로인 촛불들이 서서

폭력을 말해준다.

어두워졌다

열쇠의 권능*이.

엄니는 지배한다,

백묵의 흔적으로,

세계—

초秒에 대항하여.

● 마태복음 18장에 나오는 죄와의 유대를 매고 푸는 권한.

황무지를 채워라 눈眼의 자루들에,
제물의 부름을, 소금물을,

오렴 나와 함께 숨결로
그리고 그것을 넘어서서.

헤어지지 않은 것들의 **침입**

네 언어 속으로,

밤의 광채,

차단의 마술, 더 강하게.

낯선, 높은

홍수의 길에 씻겨버린다

이러한

삶은.

우리와 함께,

사방으로 던져진 이들에게, 그럼에도

달리는 이들에게:

그 하나

다치지 않았던,

찬탈할 수 없던,

반란을 일으키는

원통.

***

양손잡이인 새벽이

내 눈瞳을 가져간다,

그러더니 네가 나타난다—

얼마나 많은 갈매기들이

네 이마를 따르는가?

바다를 가듯 말言은 따따거린다,

내가 거절했던 말, 너를

지나,

돌의 성남에 흔들리는 문은 아직,

그것을 넘겨준다

궁핍으로 영근 밤에게.

산문

에드가르 즈네와 꿈들의 꿈

그렇게 많은 것이 침묵하고 그렇게 많은 일이 일어났던 심해에서 들었던 몇몇 단어를 나는 말해야 한다. 나는 현실의 벽과 항변에 돌파구를 만들어 거울 같은 바다 앞에 서 있었다. 그리고 그 거울이 깨어져 내가 내면세계의 커다란 크리스털을 디뎌도 된다고 허락받을 때까지 잠시 기다렸다. 나는 내 위의 위로받지 못한 발견자들의 위대한 아래쪽 별과 함께, 에드가르 즈네의 그림들 사이로 그를 따라갔다.

앞으로의 여정이 힘겨우리라는 것을 알고 있었음에도 나는 누구의 안내도 받지 않고 홀로, 여러 갈래의 길 중 하나에 들어설 만큼 사로잡혀 있었다. 여러 길 중 하나에! 무수히 많은 그 길들 하나하나가 걸어보라며 나를 초대했고, 그 길들 하나하나가 존재의 다른, 더 깊은 측면에서 아름다운 황무지를 관찰할 다른 눈 한 쌍을 내게 건넸다. 이 순간 나는 아직도 예전의 완고한 눈을 가지고 있었기에, 보기 위해서, 어느 눈을 선택할지 비교해보았다는 것은 놀랄 일이 아니다. 하지만 내 입은, 눈보다 더 높이 있고 종종 잠에서 깨어났기에 더 대담했던 입은 나를 앞질러 내게 조롱의 말을 외쳤다. "낡은 정체성을 고집하는

195

쩨쩨한 자여, 너는 무엇을 보고 또 알아보았는가, 용감한 동어 반복의 박사여? 말해보라, 이 새로운 길의 가장자리에서 무엇을 알아보았는가? 또한-나무나 거의-나무 한 그루를 알아보지 않는가, 아닌가? 이제는 혹시 늙은 린나에우스*에게 편지를 보내기 위해 알고 있는 라틴어를 모두 동원하는가? 차라리 네 영혼의 밑바닥에서 눈들을 가져와 가슴에 올려두어라. 그러고 나면 여기서 무슨 일이 일어나는지 경험하리라!"

하지만 지금 나는 소박한 말들을 사랑하는 사람이다. 이 여정을 시작하기 전에 이것이 내가 떠나온 저 세계에 나쁜 마음으로 잘못 다가가는 것임을 알아채긴 했으나, 사물을 제대로 된 이름으로 부른다면 그 기초부터 뒤흔들 수 있다고 믿었다. 나는 이런 시도의 전제가 절대적 순진성으로의 회귀임을 알고 있었다. 그리고 이 순진성을 이 세계에 대해 수세기 동안 이어져온 오랜 거짓의 잔재로부터 정화된 근원적인 봄으로 여겼다. 여기서 나는 클라이스트의 〈인형극〉을 두고 한 친구와 나누었던 대화를 떠올린다. 인류 역사의 마지막 장이, 그리하여 최고이기도 한 장이 그 존립을 써서 알리고 있는 근원적인 우아함은 어떻게 회복되어야 했는가? 우리의 무의식적 정신생활을

• 식물학의 시조로 불리는 스웨덴 학자 칼 폰 린네를 가리킨다. 그는 스스로 라틴어 이름 카롤루스 린나에우스를 사용했다.

196

이성에 따라 순화하는 방식으로—친구는 그렇게 설명했다—
저 근원적임을 다시 얻을 수 있을 거라고, 그것은 시작부터 존
재했으며, 또한 끝에도 존재해 삶이 가치 있도록 의미를 부여
할 거라고. 이런 견해에서는 시작과 끝이 일치했고, 원죄에 대
한 애도 같은 것이 공공연해졌다. 오늘을 내일과 나누는 장벽
은 허물어지고 내일은 다시 어제가 될 터였다. 따라서 우리의
이 시대에 시간을 초월한 것, 영원한 것, 내일-어제에 이르기
위해 해야 할 것은 무엇인가? 이성이 우위에 있어야 하며, 말들
을, 그러니까 사물들과 피조물들과 사건들을 오성悟性의 왕수王
水로 씻어내리면서, 그것들에 그 고유한 (원초적인) 의미가 재
현되어야 할 것이었다. 봄이 온다면 나무는 나무가 되어야 할
것이고, 백 번의 전쟁 동안 폭도들을 매달았던 가지는 꽃가지
가 되어야 했다.

여기서 나는 첫번째 이의를 제기했고 이 이의는 엄밀히, 일
어난 것은 주어진 것에 추가된 것 그 이상, 고유한 것의 다소간
떼어놓기 힘든 특성 그 이상일 뿐만 아니라 변화하는 존재에서
고유한 것, 끊임없는 변화의 강력한 선구자라는 인식에 다름아
니었다.

친구는 쉽사리 물러나지 않았다. 그는 자신이 인류 발전의
조류 속에서도 정신생활의 상수常數를 구별하고 무의식의 경계
를 알아볼 수 있으며, 이성이 깊은 곳으로 내려가 어두운 우물

의 물을 표면으로 길어올렸다면 모든 것을 다한 거라고 주장했다. 이러한 우물도 닿을 수 있는 바닥이 있으며, 깊은 곳의 물을 모으기 위해 표면에 모든 것이 쾌적하게 준비되어 있기만 하면, 또한 정의의 태양이 비친다면, 일은 완벽하게 처리된 거라고. 하지만, 그는 말했다, 너와 너 같은 이들이 깊은 곳을 떠나지 않고 내내 어두운 근원과 대화를 나눈다면, 어떻게 이 목표에 도달할 수 있겠는가?

나는 이것을 어떤 입장에 대한 내 신조를 겨냥한 질책이라고 이해했다. 그 입장이란, 세계와 그것이 갖추고 있는 것들을 인간과 인간 정신을 가두는 감옥으로 인식했기에 이 감옥의 장벽을 허물기 위해 모든 것을 시도하려는 것이었다. 하지만 동시에 나는 이런 세계 인식이 내게 어떤 길을 지시하고 있었다는 것도 알았다. 나는 인간이 외면적인 삶의 족쇄에 묶여 괴로워할 뿐만 아니라 재갈이 물려 말하는 것을 허락받지 못했음을 깨달았다—내가 언어에 대해 말할 때, 그것은 인간 표현수단의 모든 영역을 의미한다—인간의 말(몸짓과 움직임)은 진짜가 잘못되고 왜곡된 것이라는 수천 년의 무게 아래서 신음했기 때문이다—이런 말들이 어딘가 근본에서는 같다는 주장, 이것보다 더 진짜가 아닌 것이 무엇이란 말인가! 그리하여 나는 내면 아주 깊숙한 곳에서 아주 오랫동안 표현을 위해 싸웠던 것에 다 타버린 해석의 재까지, 그뿐만 아니라 다른 것까지도 덧붙여졌다는 사실 또한 인식해야 했다!

이제 새롭고도 순수한 것은 어떻게 생겨나야 했는가? 정신과 가장 멀리 떨어진 영역에서 단어와 형태가, 이미지와 몸짓이 꿈처럼 베일이 드리웠다가 꿈처럼 베일이 벗겨진 채 비롯될수 있고, 그것들이 재빠른 흐름과 놀라움의 불꽃들 속에서 태어나 서로 만난다면, 낯선 것이 가장 낯선 것과 짝지어지기에, 나는 새로운 밝음과 직면한다. 그 밝음은 내가 불러낸 것임에도 나의 깨어 있는 사고가 할 수 있는 상상의 저편에 살고 있어서, 나를 기이하게 응시한다, 그 빛은 대낮의 빛이 아니며, 그빛에는 내가 다시 인식한 것이 아니라 처음 보고 인식한 형상들이 살고 있다. 그 빛의 무게는 다른 무거움을 지녔고, 그 빛의색깔은 내 감은 눈꺼풀이 선사한 새로운 한 쌍의 눈을 향해 말을 건네며, 내 청각은 보는 법을 배운 촉각 너머로 방랑한다; 내 심장은, 이제, 그것이 내 이마에 살고 있기에, 새로운, 끊임없는, 자유로운 움직임의 법칙을 경험한다. 나는 방랑하는 감각들을 좇아 정신의 새로운 세계로 가서 자유를 경험한다. 여기, 내가 자유로운 곳에서, 또한 나는 저편에서 얼마나 철저히기만당했는지 깨닫는다.

심해를 통과하는 방랑의 위험을 감수하고 에드가르 즈네의그림들 사이로 그를 따라가기 전, 마지막 생각의 휴지기 동안,

이제 나는 스스로에게 귀를 쫑긋 세웠다.

 "돛단배 하나가 눈을 떠난다". 돛단배는 딱 하나뿐인가? 아니다, 내가 보는 것은 둘이다. 하지만 아직 눈의 색깔을 가진 첫번째 돛단배, 그것은 계속 나아갈 수 없다, 되돌아온다는 것을 나는 안다. 이 귀환은 절대 녹록지 않아 보인다: 이 눈의 물은 가파른 폭포처럼 흘러내린다. 하지만 여기 아래에서는 (저기 위에서는) 물이 산을 향해서도 흐른다, 돛단배는 눈동자 없이 눈만 있는 하얀 옆얼굴의 가파른 비탈을 아직도 힘겹게 오르고 있다. 그 옆얼굴은 바로 그런 눈만 가졌기에 우리보다 더 많은 힘이 있고 더 많이 안다. 한 여인의 이 옆얼굴, 그녀의 머리칼은, 위를 보고 있는 입(우리에게는 보이지 않는, 그 위로 비스듬히 놓인 거울에서 이 입은 스스로를 알아본다, 표정을 살펴 알맞다고 여긴다)보다 조금은 더 푸른빛이다. 이 옆얼굴은 낭떠러지다, 물결치는 눈물의 바다이기도 한, 내면의 바다 입구에 세워진 얼음 같은 기념비다. 이 얼굴의 다른 쪽은 어떤 모습으로 보일까? 우리가 여전히 보고 있는 저 땅처럼 회색빛일까? 하지만 우리는 우리의 돛단배로 돌아간다. 첫번째 돛단배는 텅비어 기이해 보이는 눈구멍 속으로 귀향할 것이다. 어쩌면 방랑을 계속할 수도 있다, 잘못된 방향으로, 회색빛을 향해 다른 쪽을 응시하는 눈 속으로…… 그렇게 이 배는 전령이 되지만, 그가 전하는 전갈이 많은 것을 예언하지는 않는다. 하지만 두

번째 배, 이글거리는 눈을 돛으로 가진 배는 불타오르는 눈동
자를 확신의 검은 들판으로 실어나르지 않는가? 우리는 잠자
면서 그 배에 오른다: 그리하여 꿈꾸는 것이 머무는 것을 본다.

***

피조물의 수가 끝이 없다는 것을 아는 이가 얼마나 되는가?
그들 모두의 창조자가 인간이라는 것을 아는 이는? 벌써 그 수
를 세기 시작해도 좋은가? 인간에게 꽃 한 송이를 선물할 수 있
다는 것을 아는 이들은 아마도 이미 있을 것이다. 하지만 패랭
이꽃 한 송이에게 인간을 선물할 수 있다는 것도 아는 이는 얼
마나 되는가? 그리고 그들은 어느 쪽을 더 중요하게 여기는가?
북극광의 아들 이야기를 들으면 한 명 이상의 사람들은 믿지
못할 것이다.

베레니케의 머리칼이 벌써 아주 오랫동안 별 아래 매달려 있
었는데 그 장소는 오늘날도 여전히 불신되고 있다. 하지만 지
금은 북극광에게 아들 하나가 있고, 에드가르 즈네는 이 아들
을 본 첫번째 사람이었다. 인간이 절망의 설백雪白숲에 묶여 꼼
짝 못하는 그곳을 그는 큰 걸음으로 지나온다. 나무들도 그에
게 방해물이 되지는 못한다. 그는 나무들을 넘어서 간다, 나무
들을 넓은 외투로 감싸기도 한다, 그는 나무들을 자신의 동반

자로 만든다, 그와 함께 나무들도 사람들이 귀한 형제를 기다
리고 있는 도시의 문에 이른다. 그가 기다리던 이라는 것을 사
람들은 그의 눈에서 알아본다: 그 눈은 모두가 보았던 것을, 그
보다 더 많은 것을 보았다.

***

여기서 에드가르 즈네가 처음으로 형상화한 것—그것은 오
로지 이곳만이 집인가? 우리는 예전 현실의 악몽 또한 더 잘 인
식하려 하지 않았는가, 인간의 비명을, 우리 자신의 비명을 여
느 때보다 더 크게, 더 날카롭게 들으려 하지 않았는가? 보라:
이 아래쪽 거울은 모든 것이 본심을 드러내도록 강요한다: "피
의 바다가 땅을 뒤덮는다": 삶의 언덕들은 그곳 사람들이 떠나
가면서 공포에 사로잡힌다. 전쟁의 유령이 맨발로 이곳저곳을
지나간다. 맹금처럼 발톱이 있거나 인간처럼 발가락이 있는 그
것이! 다양한 형태의 그것이 지금은 어떤 모습인가? 허공에 떠
있는 피의 천막이다. 그것이 내려앉으면, 우리는 피의 벽과 피
의 넝마 사이에서 살게 된다. 피가 입을 벌린 곳에서, 우리는 지
켜봐도 된다. 피의 환영으로 된 다른, 유사한 형체들도 보고 있
다. 또한 우리에게도 먹을 것이 주어질 것이다: 발톱들 중 하나
가 피의 우물을 팠고 그 안에서 우리는 자신을 비춰볼 수도 있
어야 한다, 우리 잃어버린 자들은. 피의 거울 속 피가 순수한 아

름다움이라고, 우리는 그런 말을 듣는다……

***

종종 우리는 파수병으로서 맹세했다: 참을성 없는 깃발의 뜨거운 그림자 속에서, 낯선 죽음의 역광 속에서, 우리의 성자로 봉해진 이성의 대제단에서. 우리는 내밀한 삶을 대가로 우리의 서약도 지켰다. 하지만 우리가 서약했던 그곳으로 돌아갔을 때—무엇을 보아야 했는가? 깃발의 색도, 깃발이 드리우는 그림자의 색도 여전히 같았다. 심지어 그림자의 크기가 전보다 더 커졌는데도. 그리고 사람들은 서약을 위해 다시 손을 올린다. 하지만 이제 누구에게 충성을 맹세했는가? 다른 자, **그자**, 우리가 증오를 맹세했던 자에게. 그러면 낯선 죽음은? 죽음은 우리의 서약이 전혀 필요 없는 척하는 것이 옳았다…… 대제단에 드디어 수탉 한 마리가 서서 울었다……

그러니 잠결에 맹세하기를 한번 시도해보자.

우리는 꼭대기에 우리 얼굴이, 우리 둥근 돌의 얼굴이 튀어나와 있는 탑이다. 우리는 우리 자신보다 더 높다. 탑들 중에서도 가장 높은 것 위에 있는 다른 탑이 우리여서, 우리 스스로를 못 보고 지나칠 수 있다. 우리는 우리 자신을 천 배 올라간다.

어떤 가능성: 서약을 위해 저 위에서 우리를 무리로 소집하는 것, 우리 자신보다 천 배, 거대한 세력으로! 우리는 아직 저 위에 완전히 도달하지 않았다. 그곳, 우리 얼굴이 이미 움켜쥔 주먹인 곳, 맹세하는 하나의 눈眼주먹인 곳에. 하지만 그곳에 이르는 길은 우리가 알아볼 수 있다. 길은, 이 길은 가파르지만, 내일도 유효한 것을 맹세하고자 하는 자는 이런 길을 간다. 그리고 저 위! 서약하기 위한 저 땅! 아래의 것을 향한 상승이라니! 우리가 아직 모르는 서약을 위한 먼 곳의 울림이라니!

***

나는 영혼의 심해에서 내게 나타난 몇 가지를 전하려 했다.

에드가르 즈네의 그림들은 더 많은 것을 알고 있다.

역광

심장이 어둠 속에 몸을 숨기고 딱딱하게 남아 있었다, 마치 현자의 돌처럼.

*

봄이었다, 그리고 나무들은 그들의 새들에게 날아갔다.

*

깨어진 단지는 아주 오랫동안 우물로 간다, 우물이 마를 때까지.

*

사람들은 헛되이 정의를 말한다, 전함들 가운데 가장 커다란 것이 익사자의 이마 옆에서 부서지지 않는 동안에.

*

사계절, 그리고 사계절 가운데 어느 하나를 결정하기 위한 다섯번째 계절은 없다.

*

그녀를 향한 그의 사랑은 그렇게나 커서, 그녀가 그의 관뚜 껑을 밀쳐 열 수도 있었을 텐데―그녀가 그 위에 올려둔 꽃이 그렇게 무겁지 않았더라면.

*

그들의 포옹은 그렇게나 오래 계속되었다, 사랑이 그들에게 절망할 때까지.

*

심판의 날이 왔다, 그리고 최고의 파렴치한 행위를 찾기 위 하여, 십자가가 그리스도께 못박혔다.

*

꽃을 파묻고 사람들을 이 무덤 위에 두어라.

*

시간은 시계에서 뛰어올라, 시계 앞에 서서 명령했다, 바르게 가라고.

*

야전군 사령관이 반역자의 피투성이 머리를 발치에 놓자, 주군은 머리끝까지 화가 났다. "감히 이 알현실을 지독한 피비린 내로 채우려 하느냐", 그가 소리를 질러 사령관은 공포에 사로잡혔다.

그때 잘린 머리가 입을 열어 라일락의 이야기를 시작했다.

"너무 늦었다", 장관들이 말했다.

후대의 기록자는 이 말이 옳음을 증명했다.

*

사람들이 교수대에서 처형당한 자를 묶었을 때, 그의 눈은 아직 흐려지지 않았다. 집행자가 얼른 눈을 눌러 감겼다. 그럼에도 주위에 서 있는 사람들은 그 사실을 알아차리고 부끄러움에 시선을 떨구었다.

이 순간 교수대는 자신을 나무로 여겼지만, 누구도 눈을 뜨고 있지 않았기에 교수대가 실제로도 나무가 아니었는지 밝힐 수는 없다.

*

그는 미덕과 악덕을, 죄와 무죄를, 좋은 속성과 나쁜 속성을 저울에 올렸다. 법정이 자신을 판결하기 전에 확신을 얻고 싶어서였다. 하지만 그런 것들을 올려놓은 저울접시는 같은 높이를 유지했다.

어떤 대가를 치르고라도 확답을 듣고 싶어서 그는 눈을 감고 수없이 저울 주변을 맴돌았다, 때로는 이 방향으로 때로는 반대 방향으로, 어느 접시에 이것이 놓이고 어느 접시에 다른 것이 놓였는지 더는 알지 못할 때까지, 아주 오랫동안. 그런 다음 자신에 대한 판결을 내리기 위하여, 무턱대고 두 접시 가운데 하나를 정했다.

그가 다시 눈을 떴을 때 아마도 두 접시 가운데 하나는 아래로 내려갔을 테지만, 둘 중 어느 접시인지 더이상 알아보지 못했다: 죄의 접시인지 아니면 무죄의 접시인지.

거기에서 어떤 이득도 얻지 못하자 그는 분노하면서, 스스로에게 형을 선고했다, 그럼에도 어쩌면 잘못 판단했을지 모른다는 느낌을 억누를 수 없었다.

*

너를 기만하지 마라: 이 마지막 등불이 더 많은 빛을 선사할
수 있다고—주위의 어둠은 제 안에서 스스로 깊어졌다.

*

'모든 것은 흐른다': 이 생각도, 그리고 이 생각은 모든 것을
다시 멈춰 세우지 않는가?

*

그녀는 거울에서 등을 돌렸다, 거울의 자만이 미웠다.

*

그는 중력의 법칙을 가르쳤고 증거를 하나하나 내놓았으나,
그럼에도 귀먹은 자들만 발견했다. 그래서 허공으로 훌쩍 날아
올라 떠다니며 법칙을 가르쳤다—드디어 그들은 그를 믿었으
나, 그가 허공에서 돌아오지 않아도 누구 하나 놀라지 않았다.

출판인이자 서적상인 플링커의 설문에 대한 답변, 파리
(1958)

(이 설문은 철학계와 문학계의 인사들을 대상으로, 현재 작업과
계획을 알아보기 위해 이루어졌다.)

귀하는 친절하게도 제게 현재의 작업과 계획에 대해 물었습
니다. 하지만 귀하가 질문을 던진 작가는 지금까지 세 권의 시
집을 발표한 게 전부입니다. 그러니 저는 오로지 시인으로서
답을 찾을 수 있을 뿐이며 어느 정도는 거기에 집중하고자 합
니다.

제가 생각하기에, 독일 시는 프랑스 시와 다른 길을 갑니다.
기억 속에 있는 가장 어두운 것, 가장 불확실한 것을 주위에 거
느린 독일 시는, 시가 서 있는 전통의 온갖 생생한 묘사에도 불
구하고, 귀가 예민한 다수의 사람들이 아직도 시에 기대하는 언
어로는 더이상 말할 수 없습니다. 독일 시의 언어는 더 냉철하
고 더 사실적인 것이 되었습니다. '아름다움'을 불신하며, 진실
이 되고자 합니다. 그러니 눈에 보이는 실제적인 것의 다양한
색을 계속 주시하며 시각적 영역에서 하나의 말을 찾는 것이 제
게 허락된다면, '더 회색인' 언어입니다. 무엇보다도 '음악성'이
한 장소에 정착되는 법을 알고 싶어하는 언어입니다. 그 장소
는 가장 두려운 것과 함께 그리고 나란히 다소 거리낌없이 여

전혀 흘러나오고 있었던 '말의 울림'과는 전혀 상관없습니다.

이 언어에서는, 표현의 다양함이 절대적으로 필요함에도 불구하고, 정밀성이 중요시됩니다. 이 언어는 미화하지 않으며 '시적이 되려고' 하지 않습니다. 그 언어는 명명하고 지정하며, 주어진 것과 가능한 것의 영역을 가늠하려 합니다. 당연히 여기서 언어는 단 한 번도 언어 그 자체가 아니며, 명실상부한 언어가 일하는 것이 아니라, 언제나 제 실존의 특별한 기울기하에서만 말하는 나가 그 일을 합니다. 그 나에게는 윤곽과 방향 정하기가 중요합니다. 현실은 존재하는 것이 아닙니다, 현실은 찾아내고 얻어지고자 하는 것입니다.

그런데 제가 지금 귀하의 질문에서 벗어나지는 않았습니까? 시인들이란! 결국 그들이 언젠가는 진짜 소설을 쓰길 바라는 게 좋을지도 모르겠습니다.

산속에서의 대화

어느 저녁, 해가, 해뿐만 아니라 다른 것도 졌다, 그때 갔다, 그의 작은 집에서 나와 유대인이 갔다, 유대인과 유대인의 아들이, 그리고 그와 함께 그의 이름이 갔다, 말로 표현할 수 없는 이름이, 가고 또 왔다, 천천히 거기서부터 따라왔다, 제 말을 듣게 했다, 지팡이를 짚고 왔다, 돌을 넘어서 왔다, 너는 내 말이 들리는가, 내 말 듣고 있지, 나다, 나, 나 그리고 네가 듣는, 든는다고 착각한 사람, 나 그리고 다른 사람,—그러니까 그가 갔다, 그 소리가 들렸다, 어느 저녁에 갔다, 몇 가지가 졌을 때, 떼구름 아래서 갔다, 그림자 속에서 갔다, 자신과 낯선 이의 그림자 속에서—유대인이, 너도 알고 있지, 이미 가진 그림자, 빌린 것이 아니라면, 빌렸다가 돌려주지 않았기에, 정말로 그의 것이 된 그림자 속에서—그러니까 그때 그는 가고 또 왔다, 그 길로부터 왔다, 아름다운, 비할 바 없는 길로, 갔다, 렌츠*처럼, 산을 통과해서, 사람들이 아래쪽에, 그가 속한 곳에, 저지대에 살게 한 그가, 그가, 유대인이, 오고 또 왔다.

● 게오르크 뷔히너의 유작인 소설 제목이자 주인공 작가 이름. 18세기 후반 광기 속에서 비극적 삶을 살았던 실존 작가 야코프 미하엘 라인홀트 렌츠의 이야기다.

왔다, 그래, 아름다운, 길로부터.

그런데 누가, 그를 향해서 왔다고, 너는 생각하는가? 그의 사촌이 그를 향해서 왔다, 그의 사촌이자 조카가, 유대인 일생 사분의 일만큼 더 나이든 그가, 거기서부터 그가 크게 왔다, 왔다. 그도, 그림자 속에서, 빌린 그림자 속에서—어떤 사람이, 나는 그렇게 묻고 또 물었지, 오는가, 신이 그를 유대인으로 존재하게 했으니, 그림자의 주인과 함께?—, 왔다, 크게 왔다, 다른 이를 향해서 왔다, 큰 사람이 작은 사람을 향해서 왔다, 그리고 작은 사람, 유대인은 그의 지팡이에게 큰 사람 유대인의 지팡이 앞에서 침묵하라고 명했다.

그렇게 돌도 침묵했다, 그리하여 그들이, 그와 다른 사람이 갔던 곳, 산속은 고요했다.

그러니까 고요했다, 저기 위 산속은 고요했다. 고요가 오래 가지는 않았다, 유대인이 거기서부터 와서 또다른 유대인과 마주치면, 산속에서도, 금세 침묵이 지나가버리기에. 유대인과 자연, 그 둘은 제각각이기 때문이다, 아직도 여전히, 오늘도, 여기서도.

그리하여 그들은, 사촌들은 거기 서 있다, 왼쪽에는 산나리가 피어 있다, 무성하게 피어 있다, 어디에서도 피지 않는 것처럼 피어 있다, 오른쪽으로는, 거기에는 들상추가, 디안투스 수페르부스가 있고, 멀지 않은 곳에 화려한 패랭이꽃이 있다. 하지만 그들, 사촌들, 그들은, 유감스럽게도, 눈이 없다. 더 정확

히 말하면: 그들은, 그들도, 눈이 있지만, 눈앞에 베일이 드리워 있다. 아니, 눈앞이 아니라, 눈 뒤에 하늘거리는 베일이; 그림 하나가 들어가자마자, 천에 걸리고, 실 한 가닥이 이미 그 자리에 있다. 거기서 자아지는, 그림을 에워싸고 자아지는, 베일의 실이; 그림을 에워싸고 자아지며 그림과 함께 아이를 낳는다, 반은 그림이고 반은 베일인 아이를.

가여운 산나리, 가여운 들상추! 거기 그들, 사촌들이 서 있다, 산속의 어느 길에 그들이 서 있다, 지팡이가 침묵하고, 돌이 침묵한다. 그리고 침묵은 침묵이 아니다. 거기서 어떤 말도 어떤 문장도 그치지 않는다. 그저 일시적인 멈춤일 뿐, 말의 빈틈일 뿐, 빈자리일 뿐, 너는 모든 음절이 빙 둘러서 있는 모습을 본다. 그것들은 혀고 입이다, 이 둘은, 예전처럼 그리고 눈 속처럼 베일이 드리워 있다, 그리고 너희, 너희 가여운, 너희는 서 있지 않고 피어나지 않는다, 너희는 존재하지 않는다, 그리고 7월은 7월이 아니다.

말 많은 사람들! 혀가 바보처럼 이에 부딪히고 입술이 둥글게 오므려지지 않는, 지금도, 무슨 할말이 있는가! 좋다, 그들이 말하게 두라……

"너는 멀리서 왔구나, 여기로 왔구나……"

"나야. 나도 너처럼 왔어."

"알아."

"너는 알지. 너는 알고 또 보지: 여기 위쪽에서 땅이 접히는 것을, 땅이 한 번 두 번 세 번 접히는 것을, 그러고 나서 가운데에서 벌어지고, 그러면 가운데에 물이 있어, 그 물은 초록빛이야, 초록은 하얗고, 하얀빛은 더 멀리 위쪽에서부터 오지, 빙하로부터 오지. 말을 할 수도 있을 테지만, 말을 해서는 안 돼, 여기서 중요한 것은 언어야, 그 안에 하얀빛을 품은 초록, 너를 위한 것도 나를 위한 것도 아닌, 하나의 언어―그렇다면, 나는 묻지, 언어는 누구를 염두에 두었느냐고, 나는 말하지, 땅, 너를 염두에 둔 것이 아니고 나를 염두에 둔 것도 아니라고―, 하나의 언어, 글쎄, 나도 없고 너도 없이, 그뿐인, 그것뿐인 언어, 이해하겠니, 그들뿐이고, 그것 말고는 아무것도 아닌 언어야."

"이해하지, 이해해. 그래 나는 멀리서 왔어, 그래 나는 너처럼 왔어."

"알아."

"너는 알면서 나한테 물으려 하지. 그런데도 너는 왔지, 그런데도 여기로 왔지―왜 그리고 무엇을 위해서?"

"왜 그리고 무엇을 위해서…… 아마도 내가 말을 해야 하니까, 나에게 혹은 너에게, 말은 입으로 그리고 혀로 해야지, 지팡이로만 하는 게 아니라. 왜냐하면 지팡이가 누구에게 말하겠어? 지팡이는 돌에게 말하지, 그럼 돌은―돌은 누구에게 말하지?"

"돌은, 사촌이여, 누구에게 말해야 할까? 돌은 누구에게 말하지 않아, 돌은 그냥 말해, 그리고 그냥 말하는 자는, 사촌이어, 아무에게도 말하지 않아, 그는 그냥 말해, 아무도 자기 말을 듣지 않기 때문에, 아무도 그리고 **누구도 아닌 이도**, 그래서 그는 말해, 그의 입이 아니라 그의 혀가 아니라 그가, 그가 오로지 그가 말해: 듣고 있는가?"

"그가 말해, 듣고 있는가—나도 알아, 사촌이여, 나도 알아…… 듣고 있는가, 그는 말하지, 내가 여기 있다, 내가 여기 있다, 이곳에 있다, 내가 왔다, 지팡이를 짚고 왔다, 다른 누구도 아니라 내가, 그가 아니라 내가, 내 시간, 내 분수에 넘치는 시간과 함께, 나, 그를 만났던, 나, 그를 만나지 못했던, 기억이 살아 있는 나, 나, 기억이 희미한, 나, 나, 나……"

"그가 말해, 그가 말해…… 듣고 있는가, 라고 그가 말해…… 그리고 **듣고있는가**, 확실히, **듣고있는가야**, 그는 아무 말도 하지 않아, 그는 대답하지 않아, 왜냐하면 **듣고있는가**, 이것은 빙하를 가진 자이니까, 그, 세 번, 접혔던 자이니까, 인간을 위하지 않는 자이니까…… 저기에 초록빛-이고-하얀빛인 자, 산나리를 가진 자, 들상추를 가진 자이니까…… 하지만 나는, 사촌이여, 나, 여기 서 있는 나, 여기 이 길에, 내가 속하지 않는 길에 있는 나는, 오늘, 해가 졌고, 해와 그 빛도 진, 지금, 여기 그림자를 가진 나, 내 것인 그림자와 낯선 그림자를 가진 나는—나, 너에게 이렇게 말할 수 있는 자:

—돌 위에 나는 누워 있었어, 그때, 너도 알지, 석판 위에. 그리고 내 옆에, 거기에 그들이 누워 있었어, 나와 같았던 다른

사람들이, 나와는 달랐던 다른 사람들이 똑같이, 사촌들이; 그
들은 거기 누워 잠을 잤어, 잠잤고 잠자지 않았어, 꿈꾸었고 꿈
꾸지 않았어, 그들은 나를 사랑하지 않았고 나는 그들을 사랑
하지 않았지, 왜냐하면 나는 한 사람이니까, 그리고 누가 **한 사
람**을 사랑하려고 하겠어, 그리고 그들은 많았어, 거기 나를 둘
러싸고 누웠던 사람들보다 더, 그리고 누가 모두를 사랑할 수
있다고 하겠어, 그리고 나는 너에게 침묵하지 않아, 그들을 사
랑하지 않는다는 걸, 그들, 나를 사랑할 수 없었던 사람들을, 나
는 초를, 왼쪽 구석에서, 거기서 타오르고 있었던 초를 사랑했
어, 나는 초가 타내리고 있어서 사랑했어, **그 초가** 타내리고 있
어서가 아니었어, 왜냐하면 **그 초는**, 그래 **그의** 초였기 때문이
야, 그 초는, 그가, 우리 어머니들의 아버지가, 켰어, 그 저녁에
어떤 날이 시작되었거든, 특정한, 일곱번째였던, 어떤 날이, 그
뒤에 첫번째 날이 와야 했던, 일곱번째 날, 일곱번째이고 마지
막은 아닌 날이, 나는 사랑했어, 사촌이여, 초가 아니라, 그것이
타내림을 사랑했어, 그리고, 너도 알지, 그후로는 아무것도 사
랑하지 않았어;

아무것도, 그래; 아니 어쩌면 그날, 일곱번째이고 마지막은
아닌 날, 그 초처럼 거기서 타내렸던 것은 사랑했을지도 모르
지; 마지막은 아닌 날에, 아니지, 나는 그래 여기 있거든, 이곳
에, 이 길 위에, 그들이 아름답다고 말한 길에, 그래 나는 있어,
이곳에, 산나리 곁에 그리고 들상추 곁에, 그리고 백 걸음 더 떨

어져, 지기 저편에, 내가 닿을 수 있는 곳에, 나엽송이 잣나무
위로 올라가는 곳에, 나는 그것을 보고 있지, 그것을 보고 그것
을 보지 않지, 그리고 말을 했던 내 지팡이가, 돌에게 말했지,
지금은 조용히 침묵하는, 내 지팡이가, 그리고 돌이, 너는 말하
지, 돌이 말을 할 수 있다고, 그리고 내 눈 속, 거기에 베일이 드
리워 있어, 하늘거리는 베일이, 거기에 베일들이 드리워 있지,
하늘거리는 베일들이, 거기서 네가 하나를 살짝 들어올렸고,
그러면 거기에 이미 두번째 베일이 걸려 있어, 그리고 별이—
그래, 지금 산 위에 별이 떠 있어—, 그곳으로 들어가려 하면,
결혼식을 올려야 할 것이고 그러면 금세 별이 별이 아니라 반
은 베일이고 반은 별인 것이 될 거야, 그리고 나도 알아, 알아,
사촌이여, 나도 알아, 내가 너와 마주쳤다는 걸, 여기서, 그리고
우리는 이야기를 나누었지, 많이, 그리고 저기 있는 주름들, 너
도 알지, 그것들은 인간을 위해 거기 있는 것도 우리를 위해 있
는 것도 아니라는 걸, 여기로 가서 서로 만났던 우리, 여기 별
아래서, 렌즈처럼, 산을 통과해서, 거기 왔던, 우리, 유대인들,
너 큰 사람과 나 작은 사람, 너, 말 많은 사람, 그리고 나, 말 많
은 사람, 우리 지팡이를 짚고, 우리 이름과, 말로 표현할 수 없
는 이름과 함께, 우리 그림자와 함께, 자기 그림자와 낯선 그림
자와 함께, 너 여기에 그리고 나 여기에—

　—나 여기에, 나; 나, 너에게 이 모든 것을 말할 수 있는, 말
할 수도 있었을 나, 너에게 그것을 말하지 않고 말하지 않았던

나; 나 왼쪽에 산나리와 함께, 나 들상추와 함께, 나 타내리는
초와 함께, 나 날과 함께, 나 나날과 함께, 나 여기에 그리고 나
저기에, 어쩌면―지금!―사랑받지 못한 자의 사랑이 동행해
주는 나, 위로, 여기 나에게로 향하는 길 위에 있는 나."

　　1959년 8월

출판인이자 서적상인 플링커의 설문에 대한 답변, 파리 (1961)

(이 설문의 주제는 2개 국어 사용 문제였다.)

귀하는 언어에 대해, 사유에 대해, 시문학에 대해 묻고 계십니다. 귀하가 간결한 단어로 물으시니—저도 똑같이 간결한 형태의 답을 드릴까 합니다.

시문학에서 두 개의 언어를 구사하는 것을 저는 믿지 않습니다. 일구이언—ㅁㄹ릏—그렇습니다, 그 문제가 있지요. 다양한 동시대 언어예술 내지 언어예술작품에서도, 특히 그런, 그때그때의 문화소비에 기꺼이 부합하면서 다수의 색깔과 다름없이 다수의 언어로 자리잡는 법을 아는 언어예술이나 언어예술작품에서 말입니다.

시문학—그것은 운명적으로 언어의 일회성입니다. 그러니까—이런 진부한 표현을 감히 써보자면: 문학이 물론 요즘은 진실과 마찬가지로 너무 자주 아무것도 아닌 것으로 여겨질 뿐입니다만—그러니까 이회성은 아닙니다.

한스 벤더에게 보내는 편지

친애하는 한스 벤더 씨에게,

지난 5월 15일 보내주신 편지에, 또한 귀하가 펴내는 앤솔러지 『나의 시는 나의 칼』에 친절하게도 제가 함께하길 청해주셔서 감사드립니다.

시가 실제로 거기 존재하게 되면 그 즉시 시인은 최초의 공모에서 다시 자유로워진다고 전에 제가 말씀드렸던 것을 기억합니다. 오늘 저는 이 의견을 다르게 표현하고자 또는 차별화하고자 할 것 같습니다. 하지만 원칙적으로는 지금도 여전히 이—낡은—의견에 동의하는 바입니다. 확실히, 오늘날 사람들이 아주 기꺼이 또 거리낌없이 **수작업**으로 칭하는 것이 존재하기도 합니다. 하지만—생각 속의 것과 경험한 것을 이렇게 거칠게 요약하는 것을 허락해주십시오—수작업은, 청결이 그러하듯, 모든 시문학의 전제입니다. 이 수작업에는 필시 금빛 찬란한 토대가 없습니다—토대라는 것이 있기나 한 건지 누가 알겠습니까. 수작업에는 심연과 깊은 곳이 있습니다—상당수는(아, 저는 여기에 속하지 않습니다) 그 이름까지 있지요.

수작업—이것은 손의 일입니다. 그리고 이 손은 또다시 단 한 사람, 다시 말해 죽을 운명인 유일무이한 영혼의 존재가 소유한 것입니다. 자신의 목소리와 자신의 침묵으로 길을 찾는 존재 말입니다.

진실한 손만이 진실한 시를 씁니다. 악수와 시는 원칙적으로 어떤 차이도 없다는 것이 제 생각입니다.

여기서 "poiein"*과 그 비슷한 것을 떠올리지 않아야 할 텐데요. 이 단어는 가까운 의미와 먼 의미를 모두 포함해, 오늘날의 맥락에서 쓰이는 것과는 뭔가 다른 것을 의미하니까요.

확실히, 연습이 있습니다—정신적인 의미에서요, 한스 벤더 씨! 그리고 그 옆에는 바로, 서정시가 쓰이는 길목마다, 이른바 말의 재료를 가지고 오랫동안 행해지는 성과 없는 실험이 있습니다. 시, 그것은 선물이기도 합니다—주의깊은 사람들에게 주어지는 선물입니다. 운명이 동행하는 선물입니다.

"시는 어떻게 만들어지는가?"

어떻게 '이 만들기Machen'가 만든 것Mache을 넘어 서서히 음모Machenschaft가 되어가는지, 이에 대해 저는 몇 년 전부터 주시해왔으며 이후 조금 거리를 두고 면밀히 지켜볼 수 있었습니다. 그렇습니다, 어쩌면 귀하도 아실 테지만, 이런 만들기도 존재합니다. —이것은 우연이 아닙니다.

우리는 음울한 하늘 아래서 살고 있습니다. 게다가—사람도 거의 없습니다. 그렇기에 시 또한 그리 많지 않을 것입니다. 제

● Poet(시인)의 어원이 되는 그리스어로, '만들어내다'를 의미한다.

가 아직도 품고 있는 희망은 대단치 않습니다; 저는 제게 남아 있는 것을 소중히 간수하려 합니다.

귀하와 귀하의 일 모두 잘되시기를 기원하며,

파울 첼란 올림

1960년 5월 18일 파리

『슈피겔』지 설문에 대한 답변

(한스 마그누스 엔첸스베르거는 『더 타임스 리터러리 서플먼트』
에 다음과 같은 대안을 밝혔다. "오늘날 실제로 우리가 대결하고 있
는 것은 공산주의가 아니라 혁명이다. 연방공화국의 정치체제는 더
이상 복구되지 않는다. 우리는 이에 동의하거나, 아니면 새로운 체
제를 통해 대체해야 한다. 테르티움 논 다비투르.*" 이에 대해 어떤
입장인지 『슈피겔』지가 '혁명은 불가피한가'라는 질문으로 물었다.)

저는 지금도 여전히 변경을, 변화를 희망합니다. 비단 연방
공화국이나 독일과 관련해서뿐만이 아닙니다. 독일과 연방공
화국이 대체체제를 수반하지는 않을 것이며, 혁명은—사회적
인 동시에 반권위적인—그 자체로부터만 가능합니다. 혁명은
독일에서, 여기서 오늘, 개인들에게서 시작됩니다. 제4의 안이
필요해지지는 않기를 바랍니다.

* '제삼의 안은 없다'라는 뜻의 라틴어.

La poésie ne s'impose plus, elle s'expose.[*]

1969. 3. 26.

연설문

자유 한자도시
브레멘 문학상
수상 연설문

'생각하다denken'와 '감사하다danken'는 우리 언어에서 하나의 같은 기원을 가집니다. 그 뜻을 좇다보면, "추모하다gedenken" "잊지 않다eingedenk sein" "추념Andenken" "기도Andacht"의 의미 영역으로 들어가게 되지요. 허락해주신다면 거기서부터 여러분께 감사의 말씀을 드릴까 합니다.

제가 출발한 지방은—얼마나 여러 에움길을 거쳤던지요! 그런데 도대체 에움길이라는 게 정말 있을까요?—, 제가 여러분에게 오기 위해 출발한 그 지방은 여기 있는 분들 대다수가 모르실 것입니다. 바로 마르틴 부버*가 우리 모두에게 독일어로 다시 들려준 저 하시딤**의 이야기들 중 적지 않은 부분이 깃든 곳이지요. 그곳은, 지형학적 스케치를 몇 가지, 아주 멀리서부터, 지금 제 눈앞에 어른거리는 것을 보충해보자면, —그곳은 사람들과 책들이 살았던 지역입니다. 그곳, 이제는 역사 없음의 상태에 귀속된 옛 합스부르크 왕국의 한 지방에서 루

---

* 독일의 유대교 종교 철학자.
** 18세기 우크라이나 유대교인 사이에서 일어난 영적부흥운동 단체이다.

돌프 알렉산더 슈뢰더라는 이름이 처음으로 제게 다가왔습니다: 루돌프 보르하르트의 〈석류가 있는 송가〉를 읽으면서였습니다.* 그리고 거기서 브레멘에 대해서도 대략적으로나마 알게 되었습니다: 브레멘 출판계가 펴낸 간행물의 형태로요.

그러나 책들과, 책을 쓰고 책을 펴낸 이름들을 통해 가까이 다가왔던 브레멘에는 다다를 수 없음의 울림이 깃들어 있었습니다.

다다를 수 있는 것, 충분히 멀지만, 다다를 수 있는 곳은 빈이었습니다. 세월이 흐르면서 그 다다를 수 있는 곳도 어떻게 되었는지는 여러분도 아시지요.

잃어버린 것들 한가운데에서 다다를 수 있고, 가깝고도 잃어버리지 않은 채 남아 있는 것은 이 한 가지였습니다: 언어입니다.

이것은, 언어는, 잃어버리지 않은 채 남아 있었습니다, 네, 그 모든 것에도 불구하고요. 하지만 이제 언어는 그 자체의 대답 없음을 뚫고 지나가야 했습니다, 무시무시한 침묵을 뚫고 지나가야 했습니다, 치명적인 연설의 수천 겹 암흑을 뚫고 지나가야 했습니다. 언어는 지나가면서 일어난 일을 칭하는 말은 내놓지 않았습니다. 그러나 이 일어난 일을 통과해 갔습니다. 뚫고 지나갔지만 다시 나타나도 괜찮았습니다, 그 모든 것으로

'풍부해져서' 말입니다.

이 언어로 저는, 그 세월 속에서 그리고 그 세월 이후로도, 시 쓰기를 시도해왔습니다: 말하기 위해, 저 스스로 방향을 잡기 위해, 제가 지금 어디에 있고 어디로 가고 싶어하는지 탐색하기 위해, 현실의 윤곽을 그리기 위해서 말입니다.

그것은, 여러분도 보다시피, 사건이었고, 움직임이었고, 길 위에 있는 것이었습니다, 그것은 방향을 얻기 위한 시도였습니다. 그리고 그 의미에 대해 묻는다면, 스스로에게 이렇게 말해야 할 것 같습니다. 이 질문에는 시곗바늘이 가는 방향에 대한 질문도 포함되어 있다고요.

시는 시간을 초월하는 것이 아니기 때문입니다. 틀림없이, 시는 영원성을 요구합니다, 시간을 뚫고 지나가 붙잡으려 합니다—시간을 뛰어넘어서가 아니라, 시간을 뚫고 지나가서요.

시는, 당연히 언어의 한 형태이고 그 점에서 본질적으로 대화이기에, 유리병 속의 편지일 수도 있습니다. 믿음—물론 항상 희망차지만은 않은—속에서 보내진, 그 편지는 언제고 어느 곳이든 뭍에, 어쩌면 심장의 나라에 닿을 수도 있겠지요. 시들은 이런 식으로 길 위에 있습니다: 시들은 무언가를 향해 나아가고 있습니다.

무엇을 향해서일까요? 열려 있는 그 무엇, 차지할 수 있는 것을 향해, 어쩌면 말을 건넬 수 있는 '당신'을 향해, 말을 건넬 수 있는 현실을 향해서입니다.

그러한 현실들이, 제 생각에는, 시의 핵심입니다.

이 같은 생각의 과정이 저 자신뿐만 아니라 더 젊은 세대의 다른 시인들의 노력도 수반한다고, 저는 믿습니다. 이것은 별보다, 인간의 작품인 별들보다 높이 날아간 사람의 노력입니다. 그 사람은 지금까지 예감하지 못했던 의미에서도 시간을 초월해 그로써 사방이 탁 트인 곳의 가장 섬뜩한 것 위에서, 자신의 존재와 더불어 언어를 향해 가고 있습니다. 현실에 상처 입고도 현실을 찾으면서.

자오선

게오르크 뷔히너 문학상
수상 연설문
(다름슈타트, 1960년 10월 22일)

여러분!

예술, 이것은, 여러분도 기억하시겠지요, 꼭두각시인형 같고, 약강격-5운각적이고—피그말리온과 그의 피조물을 통해 신화적으로 증명된 속성인데—자식이 없는 존재입니다.

이런 형태로 예술은 오락의 대상이 됩니다, 이것은 그러니까 콩시에르주리*에서가 아니라 어느 방안에서 이루어지는 오락이며, 만약 도중에 아무 일도 일어나지 않으면 끝없이 이어진다고 느껴지는 오락입니다.

하지만 도중에 무슨 일인가 일어납니다.

예술은 돌아옵니다. 예술은 게오르크 뷔히너의 다른 작품 『보이체크』로, 다른, 이름 없는 사람들 사이로, 그리고—『당

* 파리 법원 청사 내의 건물로, 14세기부터 19세기까지 감옥으로 사용되었다.

통의 죽음』을 빗댄 모리츠 하이만*의 말에 의지해 계속해보자면―"희미한 천둥의 빛" 아래서도 돌아옵니다. 똑같은 예술이 전혀 다른 시간에도, 시장의 호객꾼들이 내놓는 것으로 다시 등장합니다. 더는 저 오락이 이루어지는 동안처럼 "이글거리는" "끓어오르는" "빛을 내는" 창조와 연관시킬 수 있는 모습으로가 아니라, 피조물과 이 피조물이 "몸에 걸치고 있는" "무" 곁에서―, 이번에는 예술이 원숭이의 모습으로 나타납니다, 하지만 둘은 똑같은 것입니다. "치마와 바지"에서 우리는 금방 예술을 다시 알아보았습니다.

그리고 그것은 옵니다―예술 말입니다―또한 뷔히너의 세 번째 작품과 함께, 『레옹스와 레나』**와 함께 우리에게 옵니다. 여기서는 시간도 조명도 알아볼 수 없습니다, 그렇습니다, 우리는 "낙원으로 도주중"이고, "모든 시계와 달력"이 곧 "파괴되어야", 다시 말해 "금지되어야" 합니다. ―하지만 직전에 "성性이 다른 두 사람"이 나타납니다, "세계적으로 유명한 두 자동기계가 도착했습니다", 그리고 "아마도 제삼의 인물이며 둘 중 가장 이상하다"고 자신을 소개하는 한 사람이 "코고는 소리로" 우리에게 요구합니다, 눈앞에 보이는 것에 감탄하라고요: "오로지 예술과 기계장치에, 오로지 판지와 시계태엽에!"

* 유대계 독일 작가이자 문학비평가.
** 1836년 뷔히너가 쓴 뒤 육십여 년이 지나 초연된 정치풍자극.

여기서 예술은 지금까지보다 더 큰 것을 거느리고 나타납니다. 하지만, 눈에 들어오는 것은, 예술과 비슷한 것 사이에 있는 예술입니다. 같은 예술입니다: 우리가 이미 알고 있는 예술인 것입니다—발레리오*, 이것은 선전하는 자의 다른 이름일 뿐입니다.

예술은, 여러분, 그에 속한 것과 아직 덧붙여지고 있는 모든 것과 함께, 하나의 문제이기도 합니다. 게다가, 알다시피, 변화무쌍하고, 끈질기게-오래가는 문제입니다, 말하자면 영원한 문제입니다.

죽을 수밖에 없는 한 사람인 카미유에게, 죽음으로써만 이해할 수 있는 한 사람인 당통에게, 말과 말을 나란히 늘어놓는 것을 허락하는 문제입니다. 예술에 대해서는 말하기 좋지요.

하지만 예술이 주제가 되면, 그 자리에 있으면서도…… 제대로 귀기울이지 않는 사람이 언제나 있기 마련입니다.

더 정확하게는: 듣고 귀기울이고 보고…… 그러면서도 무슨 이야기인지 모르는 사람 말입니다. 하지만 그는 말하는 이를 듣고, "말하는 모습을 보고"언어를 감지했습니다. 등장인물과 동시에—이 작품의 범위 내에서 누가 의심할 수 있었을

* 『레옹스와 레나』의 등장인물로, 레옹스의 시종이다.

까요?—동시에 호흡도, 즉 방향과 운명도 감지했습니다.

이것은, 여러분이 이미 아는 것이지요, 당연히 그녀가 옵니다, 자주 절대 우연이라고 할 수 없이 자주 인용된 여인이, 해가 새로 바뀔 때마다 여러분에게 옵니다—바로 뤼실*입니다.

오락이 진행되는 동안 도중에 일어난 것은 사정없이 파고들어서, 우리와 함께 혁명의 광장에 이릅니다, 그곳에 "마차들이 와서 멈춰 섭니다"**.

함께 온 이들이 여기 있습니다, 당통, 카미유, 다른 이들도 빠짐없이 있습니다. 그들 모두는, 여기서도, 말을, 예술성이 풍부한 말을 가지고 있다가 팔려고 내놓습니다. 그것이 이야기하는 것은, 뷔히너를 잠깐 인용할 필요가 있는데요, 함께 죽음-속으로-가기입니다, 파브르는 심지어 "두 번"도 죽을 수 있겠다고 합니다, 모두가 격앙되어 있습니다, —몇몇 목소리들만이, "몇몇의"—이름 없는—"목소리들"만이, 이게 다 "언젠가 있었던 것이라 지루하다"고 합니다.***

그리고 여기, 모든 것이 끝을 향해 가는 곳에서, 길게 느껴지는 순간, 카미유가—아니, 그가 아니라, 진짜 그가 아니라, 함께 마차를 타고 온 자—, 이 카미유가 연극적으로—이렇게도

* 당통의 동지인 카미유의 아내.
** 『당통의 죽음』 4막 7장에서 인용.
*** 같은 곳에서 인용.

말할 수 있겠지요: 약강격으로—죽음을 맞는 순간, 우리는 두 장章이 더 지나가고 나서야, 그에게는 그렇게 낯선—그에게는 그렇게 가까운—말을 통해 이 죽음을 그의 것으로 느낄 수 있는데요, 카미유를 에워싼 파토스와 금언이 "인형"과 "철삿줄"의 승리를 확인할 때, 그때 뤼실이 등장합니다, 예술에 눈 어두운, 언어를 위해서 인격적이고 인지할 수 있는 무언가를 가진, 이 뤼실이 다시 한번, 갑자기 "국왕 만세!"라고 외치면서, 등장합니다.

연단에서(그곳은 단두대입니다) 모든 것을 말한 다음—이 얼마나 놀라운 한마디인가요!

그것은 항변입니다, "철삿줄"을 끊어내는 말이며, "역사의 구석에 선 자들과 사열한 말馬들"● 앞에서 더이상 몸을 굽히지 않는 말입니다, 그것은 자유의 행위입니다. 한 걸음입니다.

확실히, 그렇게 들립니다—그리고 지금, 그러니까 오늘 제가 과감히 말하고 있는 것을 생각해보면 우연이 아닐지도 모르지요—, 그것은 언뜻 "앙시앵레짐"을 위한 고백처럼 들립니다.

그러나 여기서—표트르 크로포트킨●●과 구스타프 란다우어●●●의 글들을 읽으며 자라서 이것을 확실히 강조하는 것을

● 1834년 3월 10일에서 12일 사이 뷔히너가 쓴 「신부에게 보내는 운명론의 편지」에서 인용.
●● 러시아의 지리학자이자 무정부주의 운동가.

허락해주십시오―, 여기서는 왕정에도, 보존하고 있는 '어제'
에도 경의를 표하지 않습니다.

　여기서 경의를 표하는 것은 인간적인 것의 현재를 증언하고
있는 부조리의 위엄입니다.

　그것이, 여러분, 영원히 확고한 이름은 없지만 그것이……
문학이라고 저는 믿습니다.

　"―아, 예술!" 보시다시피, 저는 카미유의 이 말에 붙들려
있습니다.

　저도 확실히 의식하고 있습니다만, 이 말을 우리는 이렇게
도 저렇게도 읽을 수 있습니다, 다양한 악센트를 줄 수 있지요:
'오늘'의 악상테귀, '역사적인 것'―또한 '문학역사적인 것'―
의 악상그라브, '영원함'의 악상시르콩플렉스―어떤 장음의
기호.

　저는―다른 선택의 여지가 없습니다―, 저는 악상테귀를
선택합니다.

　예술은―"아, 예술!"은: 그것은 변환의 능력 외에 편재遍在

●●●　독일의 무정부주의 이론가이자 운동가.

242

의 재능도 있습니다─: 이것은 『렌츠』에서도 발견됩니다, 여기서도─강조를 해보자면─, 『당통의 죽음』에서처럼 에피소드로 등장합니다.

"탁자 너머에서 렌츠는 다시 기분이 좋아졌다: 사람들이 문학에 대해 이야기하고 있었고, 그는 자신의 영역에 있었다……"

"……창조된 것은 생명이 있다는 느낌, 이 둘의 위에 있는 이것이 예술의 문제에서 단 하나의 기준이라는 것."

저는 여기서 두 문장만 가려내었습니다, 악상그라브에 대한 양심의 가책 때문에 곧장 다음 논제를 여러분에게 알리지 못하고 있군요, ─이 구절은, 무엇보다도, 문학역사적 중요성을 내포합니다, 앞서 인용한 『당통의 죽음』에 나오는 오락과 이 구절을 함께 읽을 수 있어야 합니다, 여기서 뷔히너의 미학적 콘셉트가 표현되고 있으니까요, 여기서부터 렌츠─미완성 작품을 떠나, 『연극에 대한 주석』의 작가인 라인홀트 렌츠에게, 그리고 그를 지나서, 역사적인 렌츠에게로 이르고, 계속해서 문학적으로 대단히 풍요로운 메르시에*의 "Elargissez l'Art"**로 되돌

● 프랑스 극작가 루이세바스티앵 메르시에.
●● '예술을 확장하라'라는 뜻의 프랑스어.

아갑니다, 이 구절에서 전망이 열립니다, 여기에 자연주의가, 게르하르트 하웁트만*이 선취했던 자연주의가 있습니다, 여기서 뷔히너 문학의 사회적이고 정치적인 뿌리를 탐색하고 또 발견할 수 있습니다.

여러분, 제가 이것을 언급하고 지나가는 것은, 비록 일시적이긴 해도 제 양심을 진정시킵니다만, 동시에 새로운 것에 대한 양심이 진정되지는 않는다는 것을 여러분에게 보여드리고 있습니다, ―예술과 관련있어 보이는 무언가에서 제가 아직 자유롭지 못하다는 것을 보여드리고 있는 것입니다.

저는 그 무언가를 여기, 『렌츠』에서도 탐색하고 있습니다, ―그것을 여러분에게 보여드리려 합니다.

렌츠는, 그러니까 뷔히너는, "아, 예술"이라는, 아주 경멸조의 말을 "관념론"과 그것의 "목각인형들"을 위해 쓰고 있습니다. 그는 그것을 목각인형들과 마주 세워놓습니다, 그리고 여기에 "가장 보잘것없는 것의 생명" "경련" "전조前兆" "아주 섬세한, 거의 알아볼 수 없는 표정의 놀이"라는 잊을 수 없는 구절이 이어집니다, ―그는 자연스러움과 피조물 특유의 것을 목각인형들과 마주 세워놓습니다. 그리고 이제 한 가지 경험을 근거로 이런 예술관을 그려냅니다:

• 독일의 극작가이자 소설가로, 1912년 노벨문학상을 수상했다.

"나는 어제 골짜기 옆을 올라가다가, 돌 위에 앉은 두 소녀를 보았다: 한 소녀가 머리를 푸는 것을 다른 소녀가 도와주고 있었다; 황금빛 머리칼이 드리우자, 진지하고 창백한 얼굴이, 그럼에도 앳된 모습이, 검은 옷이 드러났고, 다른 소녀는 세심히 애쓰는 중이었다. 옛 독일화파의 가장 아름다운, 가장 내밀한 그림들도 그 광경을 예견하지는 못했을 것이다. 때때로 사람들은 이런 한 무리를 돌로 만들고 사람들을 불러오려고 메두사 머리가 되고 싶어한다."

여러분, 주목해주십시오: "사람들은 메두사 머리가 되고 싶어한다", ……예술을 수단으로 자연스러움을 자연스러움으로 포착하기 위해서 말입니다!

물론 여기서 **사람들이** 되고 싶어한다는 것이, **제가** 되고 싶어한다는 말은 아닙니다.

이것은 인간적인 것의 바깥으로 나서는 것이고, 인간적인 것을 향해 있는 섬뜩한 영역 안으로 떠나는 것입니다—원숭이의 형상이, 자동기계가, 그것과 함께…… 아, 예술 또한 제집처럼 존재하고 있는 듯 보이는, 그 영역으로 말입니다.

역사적인 렌츠가 그렇게 말하는 것이 아닙니다. 뷔히너의 렌츠가 그렇게 말합니다, 여기서 우리는 뷔히너의 목소리를 들었

습니다: 예술은 그를 위해 이곳에서도 무언가 섬뜩한 것을 지키고 있습니다.

여러분, 저는 악상테귀를 찍었습니다; 저는 저 자신이나 여러분을 속이지는 않겠습니다. 뷔히너가 제기한 물음을 찾아내기 위해, 예술과 문학에 대한 이 물음—다른 물음들 가운데 하나인—이 물음으로, 비록 자발적인 의지는 아니어도 나름대로 그에게 가야 했다는 것을 말입니다.

하지만 여러분도 당연히 아십니다: 예술이 모습을 드러낼 때마다 발레리오의 "코고는 소리"를 흘려들을 수가 없다는 것을요.

이것은, 뷔히너의 목소리가 이런 추측을 하게 합니다만, 오래되고 가장 오래된 섬뜩함일 것입니다. 제가 이토록 오늘에 집요하게 머무는 것은 어쩌면 공기—우리가 숨쉬는 공기 때문이 아닐까요.

게오르크 뷔히너의 경우—이제 저는 이렇게 질문을 해야 합니다—이 창조물의 시인의 경우, 절반만 의식적으로, 낮은 목소리로만, 그렇다고 덜 과격하지는 않은—아니면 바로 그렇기 때문에 가장 본래적인 의미에서 과격한 예술의 문제제기는 없을까요, 이런 방향에서의 문제제기는 없나요? 현재의 모든 문학이 계속해서 질문하려 한다면, 되돌아가야 하는 문제제기 말입니다. 몇 마디를 건너뛰고 달리 표현해보겠습니다: 우리가 예술에 대해, 지금 많은 곳에서 그렇게 하듯이, 이미 주어진 것이자 반드시 전제되는 것에서부터 출발해도 될까요, 아주 구체적으로 표현하자면 무엇보다—이렇게 말해보지요—말라르메•를 철저하게 끝까지 생각해야 할까요?

저는 앞질러 말했고, 범위를 벗어났습니다—하지만 너무 나아간 것이 아니라는 걸 알고 있습니다—, 이제 뷔히너의『렌츠』로, 그러니까—에피소드에 나오는—대화로, "타자 너머"로 이루어져 렌츠가 "기분이 좋아졌"던 그 대화로 돌아가겠습니다.

렌츠는 "웃다가 진지해지다가 하면서" 길게 말했습니다. 그리고 대화가 끝난 지금, 그에 대해서는, 예술에 대한 질문에 몰두한 사람인 동시에 예술가이기도 한 렌츠에 대해서는 이렇게 되어 있습니다: "그는 자신을 완전히 잊었다."

저는 그것을 읽으면서 뤼실을 떠올립니다: 제가 읽은 것은 이렇습니다: **그는, 그 스스로는.**

예술을 눈앞에 또 마음속에 두고 있는 사람은, —여기서는 렌츠–이야기에 집중하겠습니다—, 그는 스스로를 잊어버립니다. 예술은 자아와의–거리를 만들어냅니다. 여기서 예술은 특

• 프랑스 시인 스테판 말라르메.

정한 방향성을 가지고, 특정한 거리감을, 특정한 길을 요구합니다.

　그러면 문학은요? 그래도 예술의 길을 가야 하는 문학은요? 그렇다면 여기서는 정말로 메두사의 머리와 자동기계로 가는 길이 놓여 있을지도 모릅니다!

　저는 지금 출구를 찾고 있지 않습니다, 그저 질문할 뿐입니다, 같은 방향에서, 또 생각하건대, 또한 렌츠-미완성 작품과 더불어 주어진 방향에서 계속 질문할 뿐입니다.
　어쩌면—저는 질문할 뿐입니다—, 어쩌면 문학은, 예술처럼, 스스로를 잊어버린 자아와 함께 저 섬뜩함과 낯섦으로 가서, 다시—그런데 어디일까요? 어떤 장소일까요? 무엇과 함께일까요? 무엇으로서요?—분출할까요?
　그렇다면 예술은 문학이 남겨둔 길일 것입니다—더도 덜도 아닐 것입니다.
　다른, 더 빠른 길들이 있다는 것은 알고 있습니다. 하지만 문학도 가끔은 우리를 앞질러갑니다. La poésie, elle aussi, brûle nos étapes.*

●　'시는, 그도 또한, 우리의 단계를 뛰어넘는다'라는 뜻의 프랑스어.

스스로를 잊어버린 자, 예술에 몰두한 자, 예술가를 저는 떠납니다. 저는 뤼실에게서 문학을 만났다고 믿었습니다, 그리고 뤼실은 언어를 형상과 방향과 호흡으로 인식합니다―: 저는 여기, 뷔히너의 문학에서도 똑같은 것을 찾고 있습니다, 렌츠 자신을 찾고 있습니다, 그를―실재하는 사람으로서 찾고 있습니다, 그의 형상을 찾고 있습니다: 문학의 장을 위해서, 분출을 위해서, 걸음을 위해서 말입니다.

뷔히너의 렌츠는, 여러분, 미완성으로 남았습니다. 이 존재가 어떤 방향성을 가졌는지 알기 위해서 역사적인 렌츠를 찾아야 할까요?

"그에게는 존재가 불가피한 짐이었다―그는 그렇게 살아갔다……" 여기서 이야기가 중단됩니다.

하지만 문학은 물론, 뤼실처럼, 방향에서 형상을 보려 합니다, 문학은 앞질러갑니다. 렌츠가 **어디를 향해** 사는지, 어떻게 **살아가는지** 우리는 알고 있습니다.

"죽음은", 1909년 라이프치히에서 출간된 야코프 미하엘 라인홀트 렌츠에 대한 작품에서 읽을 수 있습니다―모스크바의 대학강사였던 M. N. 로자노프가 쓴 작품이지요―, "구원자로서의 죽음은 오래 기다리게 하지 않았다. 1792년 5월 23일에서 24일로 넘어가는 밤 렌츠는 모스크바의 어느 거리에서 죽은 채 발견되었다. 그는 귀족 하나가 내준 돈으로 땅에 묻혔다. 그의 마지막 안식처는 알려지지 않았다.”

그렇게 그는 살다 갔습니다.

그: 진짜, 뷔히너의 렌츠, 뷔히너의 인물, 우리가 이야기의 첫 페이지에서 알아볼 수 있었던 사람, “1월 20일 산으로 갔던” 렌츠, 그는—예술가이자 예술에 대한 질문에 몰두했던 사람이 아닙니다. 그는 하나의 자아입니다.

이제 우리가 발견하는 것은 어쩌면 낯선 것이 있었던 장소, 한 사람이 자신을—낯설어진—자아로 분출할 수 있었던 장소일까요? 이런 장소를, 이런 걸음을 발견한 걸까요?

“……그는 물구나무를 서서 갈 수 없다는 것이 때때로 불편했을 뿐이었다.”—이것이 바로 그 사람, 렌츠입니다. 이것이 그와 그의 걸음, 그와 그의 “국왕 만세”라고 저는 믿습니다.

“……그는 물구나무를 서서 갈 수 없다는 것이 때때로 불편했을 뿐이었다.”

물구나무를 서서 가는 사람은, 여러분, —물구나무를 서서 가는 사람은, 하늘을 나락으로 자신의 아래에 둡니다.

여러분, 오늘날 문학의 “불명확함”을 비난하는 것은 너무나 흔한 일입니다. —저는 이 자리에서 갑자기—하지만 여기서 급작스레 나타나지 않은 뭔가가 있기는 한가요?—, 파스칼의 말을 인용해보고자 합니다, 얼마 전 레오 셰스토프*의 글에서 읽은 말입니다: "Ne nous reprochez pas le manque de clarté puisque nous en faisons profession!"** —이것은, 제 생각에, 타고나지는 않았지만, 아마도 어떤 만남을 위해—어쩌면 스스로 구상된—먼 곳이나 낯선 곳으로부터 와서 문학에 귀속된 불명확함입니다.

하지만 아마도, 하나의 같은 방향에서, 두 가지의 낯선 것이 서로 바짝 붙어 있습니다.

렌츠는—그러니까 뷔히너는—여기서 뤼실보다 한 걸음 더 나아갔습니다. 렌츠의 "국왕 만세"는 더이상 말이 아닙니다, 그것은 무서운 침묵입니다, 그의—또한 우리의—숨을 막고 말을 막습니다.

문학: 그것은 숨전환을 뜻할 수도 있습니다. 누가 알겠습니까, 문학이 길을—또한 예술의 길도—이 숨전환을 위해 남겨두었을지? 문학은 해내지 않을까요, 낯선 것, 그러니까 나락 그리고 메두사의 머리, 나락 그리고 자동기계가 한 방향으로 놓인 듯 보이는 여기—어쩌면 여기서 낯선 것과 낯선 것을 구별해

* 러시아의 유대계 철학자이자 평론가.
** '명확함이 부족하다고 꾸짖지 마라, 우리는 그것을 직업으로 삼는다!'라는 프랑스어.

내지 않을까요, 어쩌면 바로 여기서 메두사의 머리가 오그라들고, 바로 여기서 자동기계가 고장나지 않을까요—이 단 한 번의 짧은 순간에? 어쩌면 여기서, 자아와 함께, —바로 여기서 이런 방식으로 분출되어 낯설어진 자아와 함께, —어쩌면 여기서 다른 이도 자유로워지지 않을까요?

어쩌면 시는 여기서부터 스스로…… 그리고 이제는 예술-없는, 예술에서-자유로운 이 방법으로, 다른 길을, 또한 예술의 길도 갈 수 있지 않을까요—다시 또다시 갈 수 있지 않을까요?

어쩌면 말입니다.

혹시 모든 시에 그 시만의 "1월 20일"*이 쓰여 있다고 말해도 될까요? 오늘날 쓰이는 시들의 새로운 점은 어쩌면 바로 이것이 아닐까요: 여기서 가장 분명하게 이런 날짜를 기억하려 한다는 것 말입니다.

하지만 우리는 모두 이런 날짜에서부터 쓰지 않습니까? 어떤 날짜를 우리의 것이라고 여기나요?

하지만 시는 그렇다고 말합니다! 시는 자신의 날짜를 기억하지만, —말하기도 합니다. 물론, 시는 언제나 자신의 고유함, 고유한 것 가운데서도 가장 고유한 일에 대해서만 말하지요.

* 1942년 1월 20일 반제회담에서 나치는 유대인 절멸 정책을 결정했다.

하지만 저는 생각합니다—지금 여러분이 들어도 별로 놀랍지 않을 생각이지요—, 오래전부터 시의 희망은, 바로 이런 방법으로 또한 낯선—아닙니다, 이 단어는 이제 사용하지 않겠습니다—, 바로 이런 방법으로 다른 일에 대해서 말하는 것이었습니다—누가 알겠습니까, 어쩌면 전혀 다른 일에 대해서일지도요.

지금 제가 도달한 것으로 보이는 이 "누가 알겠습니까"는 저로부터 비롯되어 오래된 희망들에 오늘 이 자리에서 제가 덧붙일 수 있는 유일한 말입니다.

어쩌면, 그리하여 저는 이제 이렇게 말해야 합니다, 어쩌면 이 "전혀 다른 것"이—저는 여기서 알려진 도움말을 사용하겠습니다—너무 멀지 않은, 완전히 가까운 "다른 것"과 만나는 것까지도 생각할 수 있다고, 언제나 그리고 다시 생각할 수 있다고 말입니다.

시는 머물러 있거나 멈춰 서서 경계하고 있습니다—어떤 창조물을 끌어들이는 한마디를 말입니다—이런 생각을 하면서.

숨쉬는 사이의 휴지—멈춰 서서 경계하기와 생각—가 얼마나 오래 지속될지는 아무도 말할 수 없습니다. 이미 언제나 "바깥"에 있었던 "빠른 것"이 속도를 얻었습니다; 시도 알고 있습니다, 하지만 의연하게 저 "다른 것"을 향해 나아갑니다, 그 다른 것은 스스로 닿을 수 있는 것으로, 분출시킬 수 있는 것으로, 어쩌면 비어 있는 것으로, 그러면서도 그것을, 시를—뤼실처럼 말해보자면 — 향해서 생각합니다.

　물론, 시는 — 오늘의 시는 — 보여줍니다, 그리고 그것은 제
가 생각하기에, 단어 선택의 — 과소평가할 수 없는 — 어려움들
과, 구문론의 급격한 경사나 생략을 위한 깨어 있는 감각들과
간접적으로만 관련이 있기 때문입니다, — 시는, 침묵으로 향
하는 경향을 보여줍니다. 이는 아주 명백합니다.
　시는 — 지금껏 극단적인 표현을 많이 사용했지만 이제 다음
의 표현도 허락해주시기를 바라건대 —, 시는 제 스스로의 가
장자리에서 자기주장을 하고 있습니다; 시는 외칩니다, 존재할
수 있기 위해 자신의 '이미-더이상은-아님'에서부터 '그래도-
아직은' 속으로 끊임없이 스스로를 데리고 돌아옵니다.

　이 '그래도-아직은'은 물론 하나의 말하기에 지나지 않을 것
입니다. 그러니까 언어가 전혀 아니고 추측건대 애초에 단어적
으로 "상응하는 것"도 아닙니다.
　그것은 갱신된 언어입니다, 비록 과격하지만 동시에 보통의
언어와는 경계가 그어진 기호 아래에서 분출된 언어, 보통의
언어를 통해 추론되는 가능성들을 염두에 두며 머물고 있는 개
성화된 언어입니다.
　시의 이 '그래도-아직은'은 물론 자기 존재의 경사각 아래
에서, 자신의 피조물적 존재의 경사각 아래에서 말하고 있다는

것을 잊지 않는 자의 시에서만 발견할 수 있습니다.

그때 시는—지금보다 더 명확하게—각 개인의 형상화된 언어일 것입니다, —그리고 그것의 가장 내밀한 본질에 따라 현재Gegenwart와 현존Präsenz일 것입니다.

시는 외롭습니다. 시는 외롭고 길 위에 있습니다. 그런데 시를 쓰는 누군가가 시에 함께 주어져 있습니다.

하지만 시는 바로 그렇기 때문에, 이미 여기에, 만남에—만남의 비밀 속에 존재하고 있지 않나요?

시는 다른 것에게로 가려고 합니다, 시는 이 다른 것이 필요합니다, 마주선 대상이 필요합니다. 시는 그것을 찾아냅니다, 스스로 그것에게 말을 건넵니다.

모든 사물, 모든 사람이 다른 것을 향해 가는 시에게는, 이 다른 것의 형상입니다.

시가 그와 마주치는 모든 것에게 바치려는 관심, 그러니까 디테일에 대한, 윤곽에 대한, 구조에 대한, 색채에 대한, 또한 "경련"과 "전조"에 대한 시의 더 날카로운 감각, 이 모든 것은 날마다 더 완벽해지는 장치와 경쟁하는 (혹은 함께 애쓰는) 눈의 성취물이 아니라고 생각합니다, 오히려 시는 우리의 모든 자료를 기억하며 머무르고 있는 집중입니다.

"관심"이란—여기서 발터 벤야민이 쓴 카프카 에세이에 나오는, 말브랑슈*의 어느 말을 인용해보겠습니다—, "관심은 영혼의 자연스러운 기도"입니다.

시는—어떤 조건하에서도!—여전히—인지하는 자의, 나타나는 것에 주목하는 자, 이 나타나는 것을 묻고 말을 거는 자의 시가 됩니다; 이것은 대화가 됩니다—자주 절망에 빠지는 대화입니다.

이 대화의 공간 속에서 말이 건네진 것이 비로소 구성되고, 이것 주위로 말을 건네고 이름을 부르는 '나'가 모여듭니다. 하지만 말이 건네진 것과 이름 부르기를 통해 '너'가 되어버린 자는 이런 현재 속으로 자신의 다름도 데려옵니다. 시의 지금 그리고 여기에서 아직—시 자체가 언제나 이 하나의, 일회적인, 개개의 현재만을 가지지만—, 이 직접성과 가까움에서 아직 시는 그에게, 다른 자에게 가장 고유한 것을: 즉 그의 시간을 함께 말하게 합니다.

그렇게 사물들과 이야기를 할 때 우리는 언제나 또한 사물들의 '기원'과 '향방'에 대한 물음에: "열려 있는" "끝에 이르지 않는" 것에서 열리고 텅 비고 탁 트인 곳을 가리키는 물음에—머물러 있습니다: 우리는 멀리 바깥에 있습니다.

● 프랑스의 철학자이자 연설가.

저는 시가 이런 장소도 찾고 있다고 믿습니다.

시?
제 이미지와 비유를 가진 시?

여러분, 제가 이 방향으로부터, 이 방향에서, 이 말들로 시에 대해—아니 그 시에 대해 말하고 있다면, 도대체 저는 무엇에 대해 말하고 있는 걸까요?

그렇습니다, 저는 존재하지 않는 시에 대해 말하고 있습니다!

절대적인 시—아니요, 그런 시는 물론 없습니다, 있을 수가 없습니다!

하지만 아마도, 모든 실제의 시와 함께, 가장 욕심 없는 시와 함께 있을 것입니다, 이 거절할 수 없는 질문, 이 전례 없는 요구가 말입니다.

그렇다면 이미지들은 무엇이겠습니까?

단 한 번, 언제나 단 한 번, 오로지 지금 그리고 오로지 여기서 인지된 것 그리고 인지될 수 있는 것. 따라서 시는 모든 비유와 은유의 불합리함이 논증되고자 하는 장소일 것입니다.

토포스 연구입니까?

물론 그렇습니다! 하지만 연구할 수 있는 것들의 빛 속에서입니다: 유토피아의 빛 속에서입니다. 그렇다면 인간은요? 창조물은요?

이 빛 속에서요.

이 무슨 질문입니까! 이 무슨 요구들입니까!

돌아갈 시간입니다.

여러분, 저는 끝에 이르렀습니다—저는 다시 시작에 있습니다.

Elargissez l'Art! 이 질문이 그 오래된, 그 새로운 섬뜩함과 함께 우리에게 다가옵니다. 저는 그것과 함께 뷔히너에게로 갔습니다—저는 거기서 이 질문을 다시 발견할 거라고 믿었습니다.

저는 대답도, "뤼실적인" 반박도 준비했습니다, 저는 제 항의가 공존하는 무언가를 맞세우려고 했습니다:

예술을 확장한다?

아니요. 저는 예술과 함께 '너'의 가장 좁은 곳으로 갔습니다. 그리고 '너'를 자유롭게 풀어놓습니다.

저는, 여기서도, 여러분이 함께하는 자리에서, 이 길을 갔습니다. 그것은 하나의 원이었습니다.

예술은, 그러니까 또한 메두사의 머리는, 기계장치는, 자동기계들은, 섬뜩하고도 구별하기 힘든 것은, 궁극적으로 아마도 그저 하나의 낯선 것은—예술은 계속해서 살아갑니다.

두번째, 뤼실의 "국왕 만세"에서, 그리고 렌츠 아래서 하늘이 나락으로 나타날 때, 숨전환은 그곳에 있는 것 같았습니다. 어쩌면, 제가 저 먼 곳, 그래도 차지할 수 있는 곳으로 향하려 했을 때요. 그곳은 뤼실의 형상 속에서만 마침내 볼 수 있는 곳이지요. 그리고 우리도 한 번은, 사물과 창조물에 바쳐졌던 관심으로부터, 열림의 가까움과 자유로움 속으로 이르렀습니다. 그리고 최후에는 유토피아 가까이에 있었습니다.

문학은, 여러분—: 이렇게 순 덧없음과 헛된 것에 대해 끊임없이 말하는 것입니다.

여러분, 제가 다시 시작에 있기에 또 한번, 지극히 간결하게 다른 방향에서 같은 것을 질문하는 것을 허락해주십시오.

여러분, 저는 몇 년 전 짧은 사행시를 썼습니다—이런 시입니다:

"쐐기풀 길로부터 오는 목소리들: / 물구나무를 서서 우리에게로 오렴. / 등불과 함께 홀로 있는 이에게는, / 읽어내야 할 손밖에 없다."

일 년 전, 엥가딘에서 어긋났던 만남을 기억하며, 저는 작은 이야기를 종이에 옮겼습니다. 그 이야기에서 한 사람을 "렌츠"처럼 산을 두루 돌아다니게 했습니다.

다른 때와 같이 이번에도, "1월 20일"에 대해, 저 자신의 "1월 20일"에 대해 글을 썼던 것입니다.

저는…… 저 자신과 만났습니다.

그러면 사람들이 시를 생각할 경우 시와 더불어 이런 길을 가나요? 이런 길들은 에움-길, 너에게서 너에게로 가는 에움 길인가요? 하지만 이 길들은 동시에, 수많은 다른 길과 같습니다, 그 위에서 언어가 목소리를 가지게 되는 길들입니다, 만남들입니다, 목소리가 인지할 수 있는 '너'에 이르는 길들, 피조물 특유의 길들입니다, 아마도 존재의 틀일 것입니다, 스스로를 자기 자신에게 앞서 보내는 것, 자기 자신을 찾는…… 일종의 귀향입니다.

여러분, 저는 결말에 도착합니다—제가 찍었던 악상테귀와 더불어 도착합니다……『레옹스와 레나』의 결말에요.

그리고 여기서, 이 작품의 마지막 두 단어에 저는 주의해야 합니다.

저는 팔십일 년 전 프랑크푸르트에 있는 자워랜더에서 나온 『수기手技유고를 포함한 게오르크 뷔히너 전집 첫 비판주석본』의 발행자인 카를 에밀 프란초스처럼 조심해야 합니다—저의 다시 찾은 동향인인 카를 에밀 프란초스처럼, "편안함 Commode"을 "오는 것Kommendes"로 읽지 않도록 조심해야 합니다!

하지만: 바로 이 『레옹스와 레나』 속에 말들에게 보이지 않게 미소 지었던 이 인용부호가 있지 않습니까? 어쩌면 '거위발'이 아니라 오히려 '토끼귀'•로, 즉 약간 두려워하며 자신과 말에 대해 엿듣는 무언가로 이해받고자 하는 인용부호 말입니다.

여기서부터, 그러니까 "편안함"으로부터, 하지만 또한 유토피아의 빛 속에서, 저는—이제—토포스 연구를 하려 합니다:

저는 여기로 오는 길에 그리고 제가 게오르크 뷔히너로부터 만났던 라인홀트 렌츠와 카를 에밀 프란초스의 출신 지역을 찾고 있습니다. 물론 여기 제가 시작했던 곳에 다시 있으므로, 저 자신이 태어난 장소도 찾고 있습니다.

저는 바로 고백하건대, 지도 위의—어린이용 지도 위의—손가락이 떨려서 이 모든 것을 몹시 부정확하게 찾고 있습니다.

이 장소들은 하나도 찾을 수 없습니다, 존재하지 않습니다, 하지만 저는 특히 지금, 그곳이 어디여야 하는지 알고 있으며, 그리고…… 무언가 발견합니다!

• '거위발'과 '토끼귀' 모두 강조나 인용의 독일식 큰따옴표를 가리킨다.

여러분, 저는 무언가 저를 위로해, 여러분이 계시는 이 자리에서 이 불가능한 길을, 불가능한 것의 길을 가는 것을 잊게 만들기도 하는 무언가를 발견합니다.

연결하는 것과 마치 시처럼 만남으로 이끄는 것을 발견합니다.

저는 무언가를 발견합니다—언어처럼—비물질적이지만 현세적인 것, 이 세상의 것을, 양 극점 위로 스스로에게 회귀하는 동시에—더 쾌활하게는—열대까지도 가로지르는 원형圓形의 것을요—: 저는…… **자오선**을 발견합니다.

여러분과 함께 그리고 게오르크 뷔히너와 함께 헤센주와 함께 저는 자오선을 방금 다시 어루만졌다고 믿었습니다.

히브리 작가협회 연설

저는 여러분이 있는 이스라엘로 왔습니다, 이 여행이 필요했기 때문입니다.

모든 것을 보고 들은 뒤, 옳은 일을 했다는 감정에 사로잡히는 것은, 얼마나 드물게만 느끼는 기분인지요—저만을 위한 것이 아니기를 바랍니다.

저는 유대인의 고독이 무엇인가에 대해 짐작해볼 수 있다고 믿습니다, 그리고 이토록 많은 것에 둘러싸여, 저는 스스로 뿌리내린 초록에 대한 고마운 자부심 또한 이해합니다, 그 초록은 이곳에 들른 사람 모두에게 생기를 북돋울 준비를 하고 있습니다; 새로 얻은, 스스로 느끼고 채운 말, 그에 대해 호의가 있는 이들의 힘을 북돋우기 위해 서둘러 온 말에 대한 기쁨을 이해하는 것처럼—이 시대에 어디서나 자라나고 있는 자기소외와 대중화 속에서 그 말을 이해합니다. 그리고 저는 여기, 이 외부와 내부의 풍경에서 진실에 대한 강요, 자기증거, 그리고 위대한 시학의 개방적인 일회성에 대한 많은 부분을 발견합니다. 그리고 저는 믿습니다, 느긋한-낙관적인 결심과 대화를 나누었다고 믿습니다, 인간적인 것 속에서 소신을 주장할 수 있을 거라고 말입니다.

이 모든 것에 감사하고, 여러분에게 감사합니다.

1969년 10월 14일 텔아비브

육필 원고

파울 첼란 연보

I

PAUL CELAN

Der Sand aus den Urnen

Gedichte

mit 2 Originallithographien von Edgar Jené

MCMXLVIII

DRUEBEN

Erst jenseits der Kastanien ist die Welt.

Von dort kommt nachts ein Wind im Wolkenwagen
und irgendwer steht auf dahier . . .
Den will er über die Kastanien tragen:
»Bei mir ist Engelsüß und roter Fingerhut bei mir!
Erst jenseits der Kastanien ist die Welt . . .«

Dann zirp ich leise, wie es Heimchen tun,
dann halt ich ihn, dann muß er sich verwehren:
ihm legt mein Ruf sich ums Gelenk!
Den Wind hör ich in vielen Nächten wiederkehren:
»Bei mir flammt Ferne, bei dir ist es eng . . .«
Dann zirp ich leise, wie es Heimchen tun.

Doch wenn die Nacht auch heut sich nicht erhellt
und wiederkommt der Wind im Wolkenwagen:
»Bei mir ist Engelsüß und roter Fingerhut bei mir!«
Und will ihn über die Kastanien tragen —
dann halt, dann halt ich ihn nicht hier . . .

Erst jenseits der Kastanien ist die Welt.

40/41

SCHWARZE FLOCKEN

Schnee ist gefallen, lichtlos. Ein Mond
ist es schon oder zwei, daß der Herbst unter mönchischer
    Kutte
Botschaft brachte auch mir, ein Blatt aus ukrainischen
    Halden:

»Denk, daß es wintert auch hier, zum tausendstenmal nun
im Land, wo der breiteste Strom fließt:
Jaakobs himmlisches Blut, benedeiet von Aexten . . .
O Eis von ~~unter~~irdischer Röte — es watet ihr Hetman
    mit allem
Troß in die finsternden Sonnen . . . Kind, ach ein Tuch,
mich zu hüllen darein, wenn es blinket von Helmen,
wenn die Scholle, die rosige, birst, wenn schneeig stäubt
    das Gebein
deines Vaters, unter den Hufen zerknirscht
das Lied von der Zeder . . .
Ein Tuch, ein Tüchlein nur schmal, daß ich wahre
nun, da zu weinen du lernst, mir zur Seite
die Enge der Welt, die nie grünt, mein Kind, deinem
    Kinde!«

Blutete, Mutter, der Herbst mir hinweg, brannte der
    Schnee mich:
sucht ich mein Herz, daß es weine, fand ich den Hauch,
    ach des Sommers.
war er wie du.
Kam mir die Träne. Webt ich das Tüchlein.

NACHTMUSIK

Ein rauschendes Wasser stürzt aus den Höhlen der
    Himmel,
du tauchst dein Antlitz darein, eh die Wimper davon-
    fliegt.
Doch bleibt deinen Blicken ein bläuliches Feuer, ich reiße
    von mir mein Gewand:
dann hebt dich die Welle zu mir in den Spiegel, du
    wünscht dir ein Wappen . . .

Ach, war deine Locke auch rostbraun, so weiß auch dein
    Leid —
die Lider der Augen sind rosig gespannt als ein Zelt
    übers Schneeland:
ich lagre mein bärtiges Herz nicht dorthin, im Frühling
    blüht nicht der Busch.

Abzählreime

———

Ich bin groß, du bist das Küken,
Hihihimmel, sollst dich bücken,
Muß mir meine Schpütnicks pflücken.

Erst der gelbe,
Dann derselbe,
Dann der schwarze
Mit der Warze.
Außerdem frißt uns die Katze.

Äußerstem und Innerstem,
Polikarp und Polyphem,
Rüprüp, Laudam, Erika
Und der ganze Laden da —
Vozü — Veil — Jaweilvozü
Hütenhütten virtemäul.

/ virdennrüh

———

__Großes Geburtstagsblaublau__
__mit Reinzeug und Assonanz__

In der R-Mittage,
da hängt ein kleiner Page.
Da hängt er, in Lasso:
er stammt von Picasso.
Wer hängt ihn ab?
Das Papperlapapp.
Wo tut es ihn hin?
Nach Neuruppin.
In die Küchen.
Da könnt ihr ihn suchen.
Da könnt ihr ihn finden,
bei den Korinthen,
aus der époque bleue,
links von der Kö,
rechts von der Düssel,
in einer kleinen Schüssel.
Er hockt auf der Kante
und schwört aufs Blümerante.
=

12. 6. 62   Paul Celan

Beidhändige Frühe
holt sich mein Aug,
dann erscheinst Du —

Wieviel mövengefolge
hat deine Stirn?

Seegängerisch knattert das Wort,
dem ich absagte, an dir
vorbei,

ein von Steinwut schwingendes Zu noch,
gesteh's der
notreifen nackt zu.

29. 9. 69

La prairie ne s'impose plus, elle
s'expose.

26.3.69

-/-

ich bin zu Ihnen nach Israel gekommen,
weil ich das gebraucht habe.

Wie nur selten eine Empfindung,
beherrscht mich, nach allem
geschehenen und gehörten, das
Gefühl, das Richtige getan zu
haben - ich hoffe, nicht nur für
mich allein.

Ich glaube einen Begriff zu
haben von dem, was jüdische
Einsamkeit sein kann, und ich
verstehe, inmitten von so vielem,
auch den dankbaren Stolz auf

X

- 2 -

jedes selbstgepflanzte Grün, das
bereitsteht, jeden, der hier
vorbeikommt zu erfrischen; wie
ich die Freude begreife über jedes
neuerworbene, selbstge selbsterfülle
erfüllte Wort, das herbeieilt,
den ihm Zugewandten zu
stärken — ich begreife das in diesen
Zeiten der der allenthalben
wachsenden Selbstentfremdung
und Vermassung. Und ich
finde hier, in dieser äußeren
und inneren Landschaft,

– 3 –

nach den Wahrheitsgesängen,
der Selbsterneuung und der
weltoffenen Einmaligkeit
großer Poesie. Und ich glaube,
mich unterredet zu haben mit
der gelassen-zuversichtlichen
Entschlossenheit, sich im
Menschlichen zu behaupten.
Ich danke all dem, ich danke
Ihnen.

———

Tel-Aviv, am 14. Oktober 1969

Paul Celan

I~IV: 1948년 빈에서 출간된 첼란의 첫 시집 『유골단지에서 나온 모래』
의 표제지와 수록된 시들. 첼란이 소장하고 있던 판본을 기초로 한 것이
다. 인쇄상의 오류를 수기로 수정한 내용과 날짜를 포함하고 있으며 파리
유고에서 발견되었다.

I. 표제지
II. 「저쪽에서」(본문 17쪽)
III. 「검은 눈송이들」(본문 34~35쪽)
IV. 「세레나데」(본문 58쪽)

V: 파리 유고에서 나온 수기手記원고

V. 「숫자풀이노래」(본문 170~171쪽)

VI~XI: 흩어져서 출간된 시와 연설문 수기원고

VI. 「운과 압운과 함께한 위대한 생일날의 푸름푸름」(본문 172쪽)

출처: guten morgen vauo – ein buch für den weißen raben v. o. stomps, Hg. von Günter Bruno Fuch s und Harry Pross, Frankfurt am Main, 1962.

VII. 「양손잡이인 새벽이」(본문 192쪽)

출처: L'Éphémère, Paris, 1970.

VIII. 「La poésie」(본문 229쪽)

출처: L'Éphémère, Paris, 1970.

IX～XI 히브리 작가협회 연설(본문 263～264쪽)

출처: La Revue de Belles-Lettres, Geneva, 1972.

파울 첼란 연보

1920년	11월 23일 부코비나 체르노비츠의 유대인 집안에서 출생. 본명은 파울 안첼.
1938년	체르노비츠에서 대학입학자격시험. 프랑스 투르에서 의과대학 공부.
1939년	체르노비츠로 돌아옴. 라틴어문학 공부 시작.
1940년	체르노비츠가 소련 영토가 됨.
1941년	독일과 루마니아 군대의 점령으로 체르노비츠는 유대인 거주 지역(게토)이 됨.
1942년	부모가 집단학살수용소로 추방됨. 수용소를 탈출했으나, 다시 루마니아 강제수용소행.
1944년	4월 다시 소련 영토가 된 체르노비츠로 돌아옴. 대학 공부 재개.
1945년	부쿠레슈티에서 번역과 편집.
1947년	루마니아 잡지『아고라』에 처음으로 시 출판. 12월부터 빈 거주
1948년	7월부터 파리 거주. 독문학과 언어학 공부. 빈에서『유골단지에서 나온 모래』출간. 후에 오자가 많다는 이유로 회수.
1950년	문학 학사학위 받음.
1952년	『양귀비와 기억』출간. 슈투트가르트, 독일 안슈탈트 출판사.

	판화가 지젤 레트랑제와 결혼.
1955년	『문지방에서 문지방으로』 출간. 슈투트가르트, 독일 안슈탈트 출판사.
	아들 에릭 출생.
1958년	브레멘 문학상 수상.
1959년	『언어격자』 출간. 프랑크푸르트 암 마인, 피셔 출판사. 파리 에콜 노르말 쉬페리외르 강사.
1960년	게오르크 뷔히너 상 수상.
1963년	『누구도 아닌 이의 장미』 출간. 프랑크프루트 암 마인, 피셔 출판사.
1964년	노르트라인베스트팔렌 예술대상 수상.
1967년	『숨전환』 출간. 프랑크푸르트 암 마인, 주어캄프 출판사.
1968년	『실낱태양들』 출간. 프랑크푸르트 암 마인, 주어캄프 출판사.
	잡지 『레페메르』 공동 발행인.
1969년	이스라엘 여행.
1970년	4월 20일 센강에 투신, 사망 추정.
	『빛의 압박』 출간 프랑크푸르트 암 마인, 주어캄프 출판사.
1971년	『눈의 부분』 출간, 프랑크푸르트 암 마인, 주어캄프 출판사.
1975년	『시집』(전2권) 출간. 프랑크푸르트 암 마인, 주어캄프 출판사.
1976년	『시간의 농가』 출간. 프랑크푸르트 암 마인, 주어캄프 출판사.

옮긴이 **허수경**

1964년 경남 진주에서 태어났다. 시집 『슬픔만한 거름이 어디 있으랴』 『혼자 가는 먼 집』을 발표한 뒤 1992년 늦가을 독일로 가 뮌스터대학교에서 고고학을 공부하고 박사학위를 받았다. 그뒤로 시집 『청동의 시간 감자의 시간』 『빌어먹을, 차가운 심장』 『누구도 기억하지 않는 역에서』, 산문집 『나는 발굴지에 있었다』 『그대는 할말을 어디에 두고 왔는가』 『너 없이 걸었다』, 장편소설 『모래도시』 『아틀란티스야, 잘 가』 『박하』, 동화 『가로미와 늘메 이야기』 『마루호리의 비밀』을 펴냈고, 『슬픈 란돌린』 『끝없는 이야기』 『사랑하기 위한 일곱 번의 시도』 『그림 형제 동화집』 등을 우리말로 옮겼으며, 동서문학상, 전숙희문학상, 이육사문학상을 수상했다. 2018년 가을 뮌스터에서 생을 마감했다. 유고집으로 『가기 전에 쓰는 글들』 『오늘의 착각』 『사랑을 나는 너에게서 배웠는데』가 출간되었다.

문학동네 세계문학

파울 첼란 전집 3

초판 인쇄 2022년 11월 2일 | 초판 발행 2022년 11월 23일

지은이 파울 첼란 | 옮긴이 허수경
책임편집 황문정 | 편집 임선영
디자인 고은이 엄자영 이원경 | 저작권 박지영 형소진 이영은 김하림
마케팅 정민호 이숙재 박치우 한민아 이민경 안남영 왕지경 김수현 정경주
브랜딩 함유지 함근아 김희숙 고보미 박민재 박진희 정승민
제작 강신은 김동욱 임현식 | 제작처 한영문화사(인쇄) 경일제책사(제본)

펴낸곳 (주)문학동네 | 펴낸이 김소영
출판등록 1993년 10월 22일 제2003-000045호
주소 10881 경기도 파주시 회동길 210
전자우편 editor@munhak.com | 대표전화 031) 955-8888 | 팩스 031) 955-8855
문의전화 031) 955-3578(마케팅) 031) 955-2659(편집)
문학동네카페 http://cafe.naver.com/mhdn
인스타그램 @munhakdongne | 트위터 @munhakdongne
북클럽문학동네 http://bookclubmunhak.com

ISBN 978-89-546-8981-6 04850
     978-89-546-7643-4 (세트)

www.munhak.com

"나는 내 존재와 무관한 시는
단 한 줄도 쓰지 않았다."

파울 첼란

그리하여 하나의 유일무이한 시적 우주로 가는 문이 열린다. 뷔혀마가진

난해하다는 그릇된 평가를 받은 이 작가가 놀랍도록 현실적인 동시에, 시적
으로 독창적이고 타협 없는 자기-, 세계 경험을 마지막 철자 하나하나까지 정
확한 단어로 담아낸다. 만하이머 모르겐

파울 첼란의 시를 읽는다는 것, 그것은 말할 수 없이 흥분되고 비교할 수 없
는 말의 너비를 발견하는 일이다. 레벤스아르트

파울 첼란 전집은 새로운 발견으로 초대한다. 어둠의 한가운데서도 동시에
유토피아적인 것을 찾을 수 있다. 디 타게스포스트

파울 첼란의 시는 번역 불가능성의 가장자리를 맴돈다. 에베레스트 등반에
버금가는 어려움을 겪으면서도 번역자들은 첼란의 어둠에 싸인 비애를 옮기
고자 하는 강렬한 욕망을 느껴왔다. 그 자신이 이미 재능 있는 시 번역자이기
도 했던 첼란은 시를 "병 속의 편지"에 비유했다. 어쩌면 그는 시란 곧 번역이
라 말하고 싶었는지도 모른다. 뉴욕 타임스

나치 수용소에 대해 출판된 최초의 시들 중 하나이자 20세기 유럽 시의 기준
이 된 대표작 「죽음의 푸가」부터, 불가해한 후기작에 이르기까지, 첼란의 모든
시는 생략적이고, 중의적이고, 쉬운 해석을 거부한다. 그는 아우슈비츠 이후
세계를 위한 언어를 다시금 고안해 독일어의 새로운 형태를 만들어냈다. 뉴요커

프리드리히 휠덜린과 라이너 마리아 릴케 이후 유럽 문단의 가장 혁신적인
모더니즘 시인 중 하나인 파울 첼란. 20세기의 전쟁과 공포 이후 그는 시로
나아가는 새길을 열었다. 첼란 그 자신처럼 그의 시는 겁먹고 상처 입은 생존
자다. 보스턴 리뷰